U0624728

全椒古代典籍叢書

西野草堂遺集

（明）吴沛 撰

政協全椒縣委員會 編

國家圖書館出版社

圖書在版編目(CIP)數據

西墅草堂遺集:全一册 / (明) 吴沛撰;政協全椒縣委員會編. —北京:國家圖書館出版社,2020.12

(全椒古代典籍叢書)

ISBN 978-7-5013-7208-9

Ⅰ.①西… Ⅱ.①吴… ②政… Ⅲ.①古典詩歌—詩集—中國—明代 Ⅳ.①I222.748

中國版本圖書館 CIP 數據核字(2020)第 259034 號

國家圖書館出版社
官方微信

書　　名　西墅草堂遺集(全一册)
叢 書 名　全椒古代典籍叢書
著　　者　(明)吴沛　撰　政協全椒縣委員會　編
責任編輯　張愛芳　張慧霞　袁宏偉
封面設計　翁　涌

出版發行　國家圖書館出版社(北京市西城區文津街 7 號　100034)
(原書目文獻出版社　北京圖書館出版社)
010-66114536　63802249　nlcpress@nlc.cn(郵購)
網　　址　http://www.nlcpress.com
排　　版　中睿智成(北京)科技有限公司
印　　裝　北京華藝齋古籍印務有限公司
版次印次　2020 年 12 月第 1 版　2020 年 12 月第 1 次印刷

開　　本　710×1000(毫米)　1/16
印　　張　25.625
書　　號　ISBN 978-7-5013-7208-9
定　　價　300.00 圓

《全椒古代典籍叢書》學術委員會

《全椒古代典籍叢書》編審指導委員會

《全椒古代典籍叢書》編纂委員會

《全椒古代典籍叢書》出版委員會

總序

皖東全椒，地介江淮，壤接合寧，古爲吴楚分野，今乃中部通衢，建置歷史悠久，文化底蕴深厚。據《漢書·地理志》載，全椒於漢高祖四年（前二〇三）置縣，迄今已逾二千二百二十年。雖屢經朝代更替，偶歷廢易僑置，然縣名、治所乃至疆域終無巨變。是故國史邑乘不絶筆墨，鄉風民俗可溯既往，遺址古迹歷然在目，典籍辭章卷帙頗豐。

有唐以降，全椒每以文名而稱江淮著邑。名臣高士時聞於朝野，文采風流廣播於海内。本邑往哲先賢所撰經史子集各類著作并裒輯之文集，於今可考可見者，凡數百種一百七十餘家。其年代久遠者，如南唐清輝殿學士張洎之《賈氏譚録》、宋代翰林承旨吴幵之《優古堂詩話》《漫堂隨筆》；其聲名最著者，如明代高僧憨山大師（釋德清）之《憨山老人夢游集》、清代文豪吴敬梓之《儒林外史》；　至於衆家之鴻篇巨制、短編簡帙，乃至閨閣之清唱芳吟，舉類繁複，不一而足。又唐代全椒鄉賢武后時宰相邢文偉，新舊《唐書》均有其傳，稱以博學聞於當朝，而竟無片紙傳世，諸多文獻亦未見著録其作；　明代全椒鄉賢陽明心學南中王門學派首座戚賢，辭官歸里創南譙書院，經年講學，名重東南，《明史》有傳，然文獻中唯見其少許佚文，尚未見輯集。凡此似於理不合，贅言書此，待博見者考鏡。

雖然，全椒古爲用武之地，戎馬之鄉，兵燹頻仍，紳民流徙，兼之水火風震，災變不測，致前人之述作多有散佚。或僅見著録下落不明，或流散異鄉束之高閣，且溯至唐代即疑不可考，搜於全邑亦罕見一帙……倘任之如故，恐有亡失無徵之虞，亟宜博徵廣集，歸整編次。前代鄉先輩未嘗不欲求輯以繼往開來，然薪火絶續，非唯心意，時運攸關。

今世國運昌隆，政治清明，民生穩定，善政右文，全民呼應中華民族復興，舉國實施文化强國戰略。全椒縣政協準確把握時勢，以傳承發展中華優秀傳統文化爲己任，於二〇一七年發軔擔綱編纂《全椒古代典籍叢書》，獲全椒縣委、縣政府鼎力支持，一應人事財力，適時調度保障。二〇一八年十月，古籍書目梳理登記及招標采購諸事宜甫定，即行實施。

是編彙集宋初至清末全椒名卿學士之著述，兼收外埠選家裒集吾邑辭章之文集，宦游者編纂他邑之志書則未予收録。爲存古籍原貌，全套影印成册。所收典籍底本，大多散落國内各省市、高校圖書館及民間收藏機構，或流落海外，藏於日英美等異邦外域。若依文獻目録待齊集出版，一則耗時彌久，二則亦有存亡未定者，恐終難如願。爲搶救保護及便於閲研計，是編未按經史子集析分門類，而以著述者個人專題分而輯之，陸續出版。著多者獨自成集，篇短者數人合集，多則多出，少則少出，新見者續出。如此既可權宜，亦不失爲久遠可繼之策。全椒古籍彙集編纂，史爲首舉。倉促如斯，固有漏失，非求急功近利，實乃時不我待。拾遺補闕，匡正體例，或點校注疏，研發利用，唯冀來者修密，後出轉精。

賴蒙國家圖書館出版社承影印出版之任，各路專家學者屬意援手，令尋訪古籍、採集資料、版本之甄别、編纂之繁難變而稍易。《易》曰：『二人同心，其利斷金。』君子共識而遇時，其事寧有不濟哉？

文化乃民族之血脉，典籍乃傳承之載體。倘使吾邑之哲思文采，燭照千秋，資鑒後世，則非唯全椒一邑獨沾遺澤，亦可忝增泱泱中華之燦爛文明以毫末之光。

編次伊始，略言大要，勉爲是序。全椒末學陸鋒謹作。

《全椒古代典籍叢書》編纂委員會

二〇一八年十月

前言

吴敬梓在《移家赋》中曾经这样追述自己的高祖：『自束髮而能文，及勝衣而稽古。紹絶學於關閩，問心源於鄒魯。』『初奮發於制舉，仍追逐於前賢。仲舒無窺園之日，公美無出墅之年。遭息翮而垂翅，遽點額而屯邅。』『望龍門而不見，燒虎尻而茫然。』『貧居有等身之書，千時無通名之謁。』『乃守先而待後，開講堂而雒誦。歷陽百里，諸生游從。』吴敬梓的這位高祖博學多才，命運蹭蹬，但是對於吴氏家族的崛起却起到了至關重要的作用，這位神秘的祖先就是吴沛。

吴沛（1577—1631），字宗一，號海若，安徽全椒人。邑學生，世居縣西程家市。吴沛從小家教甚嚴，七歲時因看戲受杖。垂髫爲博士，補諸生，遍閲經史典籍，臨摹古人書法。吴沛一生七次參加鄉試，均未得中，仍然堅持讀書歷陽泉水寺，并作詩告誡子嗣曰：『心期諸子成模樣，夢入清庭亦幻顛。』吴沛之子吴國鼎果然不負衆望，於明崇禎三年（1630）中舉。可惜第二年的閏十一月吴沛就去世了。全椒吴氏『五十年中家門鼎盛』，但那已是沛身後的事，生前衹看到長子國鼎中了個自己『七戰皆北』的舉人，也總算實現了願望：『我不做，兒子輩必做也』。他躊躇滿志地鼓勵兒子：『一子登科日，雙親未老時。榮知稽古力，遇合破天奇。我自懷三釜，兒當發衆篪。壯心殊未已，吾道自無私。』在科舉上有所突破成了吴沛最大的心願。

吴沛雖然矻矻於科舉，對晚輩的教育却不止於此。他很注意立身敦品，在題聯《西墅草堂》中説：『函蓋要撑持，須向澹寧求魄力；生平憎詭故，聊將粗懶適形神。』據吴國鼎《先君逸稿小引》的記載：『鼎庚午倖售，訓之曰：「男子事，不止此。無作呵擁態甚，無以勢凌人。」里有富家腴田數畝，久在吾産中，忽向售。先君子曰：「而以吾兒獲售，恐侵而乎？何薄視吾父子耶？」堅却之……以故吾仲弟器，仿行之，鄉里有善人稱。』

吴沛一生足迹似未出南直隸，曾向往兩湖，終未去成。他曾作《病中擬往湖上不果》：『西湖原不在天上，老病思游不得游。羡煞孤山林處士，千年猶得葬湖頭。』爲了謀生，他雖一度到鄰境和州坐館，但對諸子的教育未能忘懷。他的《泉水山房寄子》表達了這種期望：『雨餘山寺正凄然，佳客過臨遂我緣。幸有宿醒供酌久，何多薄鹵到尊前。心期諸子成模樣，夢入清庭亦幻顛。欲寫離悰因不便，紙長話短自相牽。』吴沛畢生雖然没有取得功名，他的博學多能却爲世人所熟知。他的父親是著名的中醫，吴沛亦曾作《手足陰陽十二經臟腑傳送歌》：『肺大胃脾心與小，胱腎絡焦膽肝了，豈知肝又與脾連，流通環復陰陽妙。』另據吴國鼎《先君逸稿小引》所述：『其他方技曲藝，亦悉旁通之，尤善二王書法、秦晉篆隸。』

吴沛晚年在鄉間築兩間茅屋，取名『西墅草堂』，在此課子讀書。吴國對對此回憶道：『西墅草堂爲先君舊居也，對垂髫依侍於此。草堂僅兩棟，上覆以茅，土垣周之。外皆野隙地，古人云陋巷殆不過是。先君惟讀書課子，怡然也。』可見吴沛晚年怡然自得的生活。他自己也曾描述過這樣的閑居體驗，《西墅草堂初夏》謂：『結茆在西墅，差遠塵市喧。漠漠天宇接，遥青納短垣。榆柳當窻摇，清陰罩几痕。鎮日少過客，不知接送煩。家貧饒藜藿，一飽腹自捫。高低五男兒，暇即與討論。千古在目前，絶學垂憲言。浮榮何足慕，潛心味義根。我愛夏初長，寸陰當思存。』遠離塵囂，曠達超邁，頗有陶詩之意境。

吴沛生前著有《詩經心解》《論文十二則》及《西墅草堂集》三種，前兩種均未付梓。《西墅草堂集》在吴沛身後即散落，後經吴沛之子輯佚，方成《西墅草堂遺集》。

本集根據康熙十二年（1673）吴國對重刻的版本影印出版。此集有姜曰廣《西墅草堂逸稿序》、馮元飈《西墅草堂遺集序》、楊廷麟《引言》、薛寀《引言》、吴國鼎《先君逸稿小引》、吴國對《先太史遺集重刻引言》、吴國器《先君逸稿跋言》、吴國縉《先君遺稿跋》、吴國對《先君遺稿跋言》、吴國龍《先君逸稿小跋》。據吴國對《先太史遺集重刻引言》，吴沛之撰述，門人嘗有鈔本，『會寇作，盡焚去』，其間詩文多吴國對少時所藏，嘗於崇禎十五年刻印，後稿、版又散失，至康熙十二年甫自吴國器處得此印本，據以重刻，名爲《遺集》。可以説《西墅草堂遺集》是吴沛現存唯一一部詩文集，具有非常重要的文學與文獻價值。

《全椒古代典籍叢書》編纂委員會

二〇二〇年十二月十日

目録

西墅草堂逸稿序　姜曰廣……一
西墅草堂遺集序　馮元颸……七
引言　楊廷麟……一三
引言　薛寀……一七
先君逸稿小引　吴國鼎……二一
先太史遺集重刻引言　吴國對……二七
卷一
目録……三五
希聖吟八首……四五
病中自題小像……四八
西墅草堂初夏……四九
戒族人傷伐塋松……五〇
觀穫四首……五一
性命解示諸生……五五
楊瓊翁八十……五五
歷陽行……五七
大雪歌……五九
與張子……六〇
壽林老人七十……六〇
贈浙許千夫長九台留别……六三

擬出塞二首……六三
螢……六四
三星感友人事……六五
別友……六五
題仕女雙墮馬圖……六六
賦得何處難忘酒三十首……六六
大兒登賢書喜拈成語二句卒成二首……八一
有思而作……八三
和友人留別……八三
干耀齋五十……八四
金陵同古宣張上舍登甫寓……八五
姚愛山令嗣入泮……八五
余順吾令嗣入泮……八六
鞠怡亭令嗣入泮……八六
輓謝甥景乹……八七
贈友人參運椽……八八
贈閩人林氏昆仲……八八
賀友人六十友隱於農樂善九月初度……八九
賀孫健寰五十……九〇
贈古歷陽蘇守公……九〇
接待寺對月……九一
謝上人點眼……九二
贈古宣心寰周文學……九二
代友賀禮曹……九三
贈古歷陽盧守公……九三
泉水山房寄子……九四
贈醫者……九五
五十歲自作……九五

湫几……九七
北窗……九七
夏日雜興二首……九七
見秃筆有感……九八
問店……九九
取松蘿六安兩茗和入一罌……九九
畫夢人送牡丹圖……九九
自扇……一〇一
自爐……一〇一
自硯……一〇二
自燈……一〇二
節憶二首……一〇三
醉題……一〇五
歷陽夜渡河……一〇五
閲卧游樓史……一〇五
贈友别二首……一〇六
贈管邑侯……一〇七
觀蛛集……一〇七
醉閲窗集……一〇七
贈某上人爲親刺血寫經……一〇八
讀古歷禪室不知清明之至……一〇八
苦心……一〇八
好心……一〇九
百福寺齋居謝飲……一〇九
病中擬往湖上不果……一一〇
臨去留題……一一〇

卷二

目録……一一一

姚隱君愛山七十壽序……一一五
葉封公東溪暨胡孺人偕壽序……一二一
孫仰泉暨胡碩人六十壽序……一二七
魯介寰六十壽序……一三三
童亦泉八十壽序……一三九
呂龍川七十壽序……一四三
菱陽李母七十壽序……一四七
張母七十壽序……一五一
孫母六十壽序……一五七
謝母王孺人九十壽序……一六三
孫母滕孺人七十壽序……一六七
思泉上人六十壽序……一七三
孫覺寰膺來邑禮椽考滿序……一七九
胡少峰參邑刑椽序……一八三

先君逸稿跋言　吴國器……一八九

卷三

目録……一九三
題神六秘……一九九
作法六秘……二〇四
處身四五之間……二一五
用韓休爲社稷計……二二三
乹新居説……二二九
研匣銘……二三一
代歷陽庠友祭文昌疏……二三三
戊午應試祭神疏……二三七
送寶積寺大殿金題疏……二四一
西菴施茶諷經疏……二四三
和州百福寺修造禪堂齋僧疏……二四七

楚僧見初募緣書金字法華經疏……二五一
净土菴募齋僧田疏……二五五
祈雨僧搆住菴疏……二五九

卷四

目録……二六三
全椒胡學博懷遠先生去思碑記……二六七
仰劉橋碑記……二七五
阜陵孫隱君小溪傳并贊……二八一
晏理齋傳……二八九
賀約正接受不孝呈嗣書……二九三
與范學博老師……三〇一
與鞠東華……三〇五
請邑侯蔡公啓……三〇七
六十四卦次第歌……三〇九
六十四卦定位分宮歌……三一〇
六十四分月歌……三一一
左右手脉定位歌……三一三
手足陰陽分屬歌……三一三
手足陰陽十二經臟腑傳送歌……三一四
手足陰陽傳送歌……三一四
除夕題門二首……三一七
西墅草堂……三一七
書齋……三一八
上元二首……三一八
泉水寺請藏聯二首……三一九
百福寺聯……三二〇
歷陽春日病中題書窻……三二〇

卷五

目録

目録……三一三
祭章先生……三一七
祭黄文學文海……三三一
祭孫松坡暨配於孺人……三三五
祭陳慶宇……三三九
祭汪思翁……三四三
祭謝雙塘配陳孺人……三四七
祭謝甥景乾……三五一
代屬吏祭徐萬户……三五五
祭敬菴長老……三五九
祭某孺人……三六三
祭李孺人……三六七
戊午再饁告祖考詞……三七一
代孫某祭告兩尊人安葬……三七三
代某入泮告祖考詞……三七七
先君遺稿跋　吴國縉……三七九
先君遺稿跋言　吴國對……三八三
先君逸稿小跋　吴國龍……三八七

（明）吴沛 撰

西墅草堂遺集五卷

清康熙十二年（1673）吴國對刻本

西墅草堂逸稿序

君子無以自表見亦無事表見然著述足當之無以使天下後世表見爲之行其版布其書是以不泯也古者天子有作太史輯焉士有言儒者述焉矧在子之於先人意不忍泯者乎天下大矣子之爲父致其書於世亦見不鮮矣然或沿故習爾重特名爾其衷無有大不能釋然者也吳子玉

鉉輩刻其先尊人遺稿以質予予見其怦怦若有痛傷者起而唁曰先君子抱才斸志賫以没茫茫宇宙知己少徒願得鑒言一字先君子死可不恨且使天下知有先君子者則先君子雖死之年猶生之日噫是何衷之大不能釋然者哉予知其先尊人海若先生久矣讀書茅屋中商酌今曩于曩人必核其究干曩事必撮其曲始末

微著胸中全部釐釐于今人今事無天下人遁我無天下事困我知不可菰蘆老而蹇乃逸之氷雪匝于無封虹雲紓此桂笥斗酒萬言自憤自喜予亦傷之矣夫有才無命古今所哀不使潤沐國典徒俾後昆捧其殘篋詠其遺毫烏得不重傷之也雖然無傷也生前爵何如身後名也屬吏頌何如守經子圖不朽也且更有難言者通

名危藉時棘路榛一咳千慮一行千顧回
念擁編據甕趿人挌物灑焉自喻嗒然自
遺其何能得其何能得予嘗擊節往史曰
士不爲官眞自在家惟課子極清平者也
諸吳子痛尊人之不復返併痛遺集之不
多貯得其片楮隻字如得親見顏唾夫時
事依然山川未改筆墨所散神氣攸存行
得裒其全而此亦可見其全也天下後世

讀其先尊人文知其先尊人人高而不避曠而不散深遠而不曲遜以此自治以此治諸子行於筆墨間見之然得是編知眉山有老泉盍以知有子瞻子繇輩也予又爲之擊節曰生前語出千人廢死後名從四海知以餉尊人尊人可不恨矣以餉諸子諸子可不傷矣

癸未秋[illegible]朔日友人姜曰廣題於金陵署

中

西墅草堂遺集序

予先以問政駐滁上較乘册之暇得晤兩吳子孝廉玉鉉玉林者自喜復見機雲也環滁坐南北咽車續馬繹不少大夫士間惠而顧予予嘗慮天下事亦樂親諸有道罄其緒以爲圖治助然少兩吳君其人者私心竊慕之君子固自賢乎其先世必淵雅能廸者也無何簡予膺喉舌越贊機務

幸儆一時無事予每懷龍門高宇發幽光
裒遺志以爲不負南遊之一乃一日吳子
剌舟造白下叩予因出其先尊人海若先
生遺集相質讀其所編古文詞如周秦間
物不寄籬不傍戶不詭崕獨舒性音與山
水清知其于此道中能自成一家言者也
其文不可一世其人不可一世矣想趩居
墅牖自擬大銓長進姚黃以下諸古羅薦

而許隲之目箕也氣虹也家壁立耳不復問縻絍事心百間屋也腸西嶺氷雪也以是形之筆楮皆非經人意中而吳子復歎歎曰先人七振鳌矣止如武侯祁山故事聞已善擊又誤中副車年來文章半坐不煖不屑聽家嘶喔喔聲載酒携笈長眺山川問經世事座間十尺動成方丈有所撰製爲門生執友持去其屬草倚囊立就從

無副本茲特邕檀一片耳予固解曰嶰陰之籊修一矢可召丹山防風釀粥劑其一勺舟其百里固不在多也而多者愈可知已予爲海君先生幸矣海君先生當年左持螯右叱毫嘯歌天門睞身前浮物正不下秋風黃蘗耳而亦知有孝廉公輩敬行逸集爲不朽乎予又爲孝廉公幸矣譙江之北建江之南踉蹌野浦之外不惜輿僕

而惟先人逸集是念以爲逸集傳則先人傳矣先人傳則區區孺慕之私以是少見矣其爲志過越等夷當何如也抑孝廉昆季皆𤒹𤒹彦選兄東頭弟西頭書聲滿墅文思積薪翕然自爲師友出樹于秋賦詩報國籌策定疆先人志未酧者酧之先人欲一得當于而事者卒銳優豫而盡之則海若先生之不朽者固不盡也而孝廉昆

季爲其先人圖不朽者固不盡也
壬午春暮慈谿馮元飈題

引言

木有寄榧雲有支隊蓋氣之起也氣從其本專本則久輔本則大道言曰莫大乎孝孝者效也效效生于本也士之弱名述者卲徒垂字鮮不自詡無師自詨無前噫鑿矣我棓其本不效其可效以不效效[illegible]兮倏焉曦兮促焉吾恫聖人之教日以轅割譙北五吳子吾同序之一同講難者二風

及而高之者一繹其文而心知之者一裝楷下袍黃雲上郁奚爲而至是五者一之一者五之夫因有所效效厥考先大夫也嘗從吾夫子之相遊者深佩其人内秉冲澹外發休烋畢世測識不可得今讀其文峭如崢嶸如原光如星深如溟輕以上如清風入人如醽至哉字從雪梳學從石倉無惑乎爲五吳子者效乎恂恂木木爲恭

人爲吾同序者效乎剛毅多英爲才人爲吾同講難者效乎軒遠爲曠人爲吾風及而高之者效乎嗜三十乘不厭爲學人爲吾繹其文而心知之者旣身之曷又言曰是先君子所以在也至于今口言不去籍手言不下佩舠當年筆汁花夕酒夕皆神意所旅以是如對吾又信聖人之教也在知本也無天不讐讐之惟僕亂無國不報

報之惟餼命上下亦效之效其效以致效之至官諸生長萬物者莫大乎孝故曰可以起孝

豫章年家子楊廷麟頓首題

引言

庚午幸與玉鉉同門叩其　尊公老伯先生色甚壯也輒復自弔不及逮其親以僥倖之牘一奏爲解頤資既而幸未予先玉鉉售乃復自慰可以　綸誥相闡幽也不謂筮仕七年身擁數十城比于古之大諸侯而此事揺揺如池萍風絮何如玉鉉兄弟爲　老伯先生刻逸集不朽乎先生集

與日俱嘯咏天妙醉乎而奴太史夢乎而
兒漆園推敲在嬉笑中滄濵瑯琊以及公
安竟陵皆有習性不足御也惜其寄諸門
生野老淮山舟輿轉轉相去者多茲僅家
篋中殘絹敝版耳因思蝸之壁蠹之簏没
却古今來才人腑咳何限且先生幼擅書
法時作鍼薤書時翦丈絹潑墨如斗大揮
萬軍落孤石不過也嘗不事生人產家封

三十乘不下南面日進玉鉉兄弟勵清節
攻苦業曰雖虽不豪我輩寄之耳入則評
而百古出則樹而千秋奚營營乎乃今先
生冉冉矣逸集之刻蹲蹲矣廻念烏紗白
漚耳紫麻青燐耳一編千厯視它壁討爲
自榮與討爲先人榮者賢美當何如也先
生存時酒酣浩歌長嘯天地何心問世上
得失抑玉鉉兄弟異日之業且在横槊點

筆各有勝槩夫區區以一第爲重者寘井
鼃之見也
晉陵年侄薛寀頓首拜題

先君逸稿小引

先君子負姿穎慧倜儻多材讀書主大意一切詮詁悉屏去每發聖賢藴奥得所未有為制義尊性靈宗先輩咀嚼經史清真神逸軌茁娟佻絶不掛筆端試輒冠軍丙午南闈見拔于詩五房闗　先生擬第一卷進以一二字為大主裁所摘力爭弗得曰是定當發元遲三年耳嗣六戰未獲

輒咄咄曰我不做兒子輩必做也生平㝡
涉諸書靡不究過目即不忘爲古文辭每
燒燭引滿漏不下二刻即就少增易數字
而已爲釋子說法即青蓮舌爲羽流攡妙
即桂下解向計種類不減千百首出之不
大難故置之亦不大惜不肖鼎輩幼愚攻
舉子業未遑裒集　先君子復講學四方
近屢寇變苦散燬之即歷陽及門諸子手

錄卷部亦被兵焚則他所可知已茲謹簡
筒中不啻十之一姑梓以誌其槩云至
先君子爲人頎偉不羣矯矯雲中鶴胸襟
洒落內無關楗而信義風裁復不肯假借
事　王大父以孝聞友異母弟析而復收
者至三家徒四壁諸姑之無歸者養之殯
之遇四方貧士輒解衣推食毫不作德色
時損貲買生物活之客居勿論知與不知

出囊中錢沽酒高唱不治生產殊不戚戚也喜奬進後學而不肯嚅睍貴介時關先生守寧國毎介札相召不肯造撫篆曰大丈夫不能生致青雲有負知己何面目效侯門曳裾哉嘗引李九我先生語謂豐殖干謁最足令人粗心汝輩絕勿爲也故不肖鼎兢兢奉之猶憶鼎庚午侍儁訓之曰男子事不止此無作呵擁態甚無以勢凌

人里有富家腴田數畝久在吾産中忽向
售　先君子曰而以吾兒獲雋恐侵而乎
何薄視吾父子耶堅卻之行事大抵類此
以故吾仲弟器彷行之鄉里有善人稱鼎
幼愚而弱叔弟鎬頴而栗當鼎雋喜曰鉛
刀售況于將乎每逢人嘖嘖曰吾兩季尤
差強人意嗚呼大才弗伸祿養不逮教子
未報傷哉痛也其他方技曲藝亦悉旁通

之尤善二王書法秦晉篆隸季弟對虎亻

其一絕謹因述文而并識行事將以求太

史公表章焉

壬午春王正月男國鼎百拜謹識

先太史遺集重刻引言

先太史生四歲從外傳十四歲郎入傳士員天性超敏莫能比匹目可十行筆不加點語殆爲　先太史寫照也對尚憶六七歲時見　先太史爲文每多腹藁及詩歌樂府等篇于酒酣鼻鼾或稠人廣坐談笑煩劇時口占輒盡致而去不存副本者十之八九亦以出之易故不復自愛對嘗切

亭帖括惟奉制義之訓朝夕揣摩古文辭
毋斥不與經目未幾　先太史捐館舍追
求遺稿十無一存其間如四書口授眞解
讀史論略以及名法兵墨枝卜經帋諸説
多寄他郡館所不可復見徒切悼恨後有
云　先太史館於和州多所著撰門人嘗
有抄本會寇作盡焚去對恨不知早爲什
襲以至於此惟詩經删補增解手錄成帙

者對珍藏二十有餘年復歸長兄所將敎梓以行世茲詩古文僅于書尾藥𥫩餘紙中收拾斷爛得有零璣片錦爲對髫年所藏者於壬午春兄弟輩謀付剞劂後稿板散失不全對當日所藏印本及　先太史筆稿雜秘本他經書數百卷封貯兩大櫃中藏于家後侍　先安人避兵江南化爲烏有每一追念五內皆熱今年問醫日與

叔兄謀補梓之叔兄以爲誠不可緩矣爲先人圖不朽亦惟此流傳遺集一事而已予幸存印本有其一因以授對併得倪文正公爲 先安人七十壽序一帙對旣欣喜如得所未有盥手展誦復不禁淚涔涔溼几上不獨如見我 先太史 先安人於楮墨中且痛我 先太史生平著作幾克棟後僅存對髫年所收之稿業謂無幾

及謀梓行世無何又散失不完憶梓時兄
弟爭相較訂各有引跋以申痛慕今惟叔
兄與對存緬思往事能不悲哉于是較讐
魚魯刻期竣工　先太史遺集今獲再見
完本　先安人令德懿徽約略見之壽序
併得合刻焉嗚呼生百世之下得知百世
之上亦惟遺書是憑況父母語言文字心
聲所在掌血見之一爲展誦恍乎有聞窕

可接語豈僅如桮棬器物爲之想像耶然
罔極難酧抱書愈慟是慰之在一日眞不
足以抵痛之在終身也叨遇
皇上親政覃恩得贈　先太史如兩子官
先安人兩受　貤封一日兩拜
恩綸誠不世之遇也對以僩還葬得
請克舉焚　黃龍以遷葬祖墓不幸賫哀
而没命其孤行所未行如建饗堂其一也

叔兄與對修整祠堂更述　先太史遺念
報祖睦族有祭田義田之舉　先安人顧
縣之西澗每時雨洪濤渡者苦無舟楫志
欲建橋行將次第圖之或可報　先太史
先安人遺訓之萬一而不識果能克副否
也此亦以敬梓遺稿推致云爾　兩先人
生平内行純備具載家乘茲不敢盡惟敍
述重梓遺集緣起如此不知一再傳後爲

子若孫者能什襲善藏勿再散失以思衍
先澤永永也哉
康熙癸丑二月朔
季男國對百拜敬述

西墅草堂遺集目録卷之一

古詩
長短句古
希聖吟八首
自題小像
五言古
西墅草堂初夏
戒族人傷伐塋松

觀獲四首

七言古

性命解示諸生

楊瓊翁八十

歷陽行

大雪歌

與張子

壽林老人七十

五言律

贈浙許千夫長九台留別

擬出塞二首

螢

三星感友人事

別友

題仕女雙驄馬圖

賦得何處難忘酒三十首

大兒登賢書喜拈成語二句卒成

二首

七言律

有思而作

和友人留别

干耀齋五十

金陵同古宣張上舍登甫寓

姚愛山令嗣入泮

余順吾令嗣入泮

鞠怡亭令嗣入泮

輓謝甥景乾

贈友人叅運稼

贈門人林氏昆仲

賀友人六十友隱于農樂善九月

初度

賀孫健寰五十

贈歷陽蘇守公

接待寺對月

謝上人點眼

贈古宣心寰周文學

代友賀禮曹

贈古歷陽盧守公

泉水山房寄子 時家寄新釀至即付奴子回

贈醫者

五十歲自作

五言絶句

敧几

北窻

夏日雜興二首

見秃筆有感

問店

取松蘿六安兩茗和入一罌

畫夢人送牡丹圖

六言

自扇

自爐

自硯

自燈

節憶二首

七言絶

醉題
歷陽夜渡河
閱臥遊樓史
贈友別二首
贈管邑侯
蛛集
醉閱窻集
贈某上人爲親刺血寫經

讀古歷禪堂不知清明之至
苦心[illegible]
好心口占示門人
百福寺齋居謝飲
病中擬往湖上不果
臨去留題辛未閏十有一月念六日以手畫授而逝
西墅草堂遺集目錄卷之一終

西墅草堂遺集卷之一

全椒吳　沛宗一父著

男國鼎恭輯

詩部

長短句古

希聖吟

閱許敬庵先生希聖吟六章可謂克舉至要不揣志而效之併增湯

武共得八章廣心傳也

希聖學希陶唐仁昭義立德溥化光允執

厥中心傳迺倡希聖學希陶唐

希聖學希有虞夔夔齋慄恭己若虛危微

精一心傳迺儲希聖學希有虞

希聖學希夏后克勤克儉平成績奏敬勝

義勝心傳遙受希聖學希夏后

希聖學希成湯智勇天錫顯忠遂良聖敬

日躋心傳載光希聖學希成湯
希聖學希周文生有聖德日昃其寧仁敬
慈孝心傳易承希聖學希周文
希聖學希武王彌篤忠貞仁義是常洪範
丹書心傳孔彰希聖學希武王
希聖學希周公仁孝異羣金縢示忠禮明
樂備心傳在中希聖學希周公
希聖學希孔子學如不及心不踰矩六經

萬世心傳不已希聖學希孔子

病中自題小像

伊是誰吳海若我在伊是假我去看伊却

詩

五言古

西墅草堂初夏

結茆在西墅差遠塵市喧漠漠天宇接遥青納短垣榆榔當窻搖清陰罩几痕鎮日少過客不知接送煩家貧饒藜藿一飽腹自捫高低五男兒暇卽與討論千古在目前絕學垂憲言浮榮何足慕潛心味義根

我愛夏初長寸陰當思存

戒族人傷伐塋松

我考求善壤爲妥祖與妣地非容萬馬不忍族櫃棄纍纍穴左右考不膜外視考手種老松畱僅十之二猶望勢葱鬱佳城托以閟何忍聞族子毀與莽竊施薪爨能幾何孝義實已墜我聞甘棠愛弗剪再三喟又聞桑與梓敬止無容昧况復藏先骨藉

松爲衣被將禁樵蘇侮不信支孫厲傷哉
余食貧館遠百里地時時念掃松一夜驚
榻寐遄歸遶墓哭松折垂脂淚手摩族子
膚剝膚汝能賞膚破可再合松死復誰庇
嗟哉語族子寧剝我膚逞汝意弗傷塋松
荒祖隧

觀穫

秋事告方及萬寶已觀成高下盡垂穎但

祝秋常晴婦子腰鐮集老稚曳車行相顧
樂相笑飽飯不欲爭有叟頗好飲分漩在
香秔力田苦終歲醽飲腹易盈

其二

向午睡初足駕言陟前岡刈歌互相答因
風與之長粟實何纍纍雜間梨與棠田叟
具壺榼相飲已夕陽不覺城市遠仰見歸
鳥翔

其三

篝車亦已滿還入此室盧牛羊下日夕煙火生柴墟隣叟無兼累楞奕何軒渠將以娱村夜濁醪與之俱人生百年幾憂患胡爲紆

其四

秋涼入林薄四壁蛩聲傳稚子還讀書對牀時兒侯青燈西牖偏六經乃菑畬寸陰良足

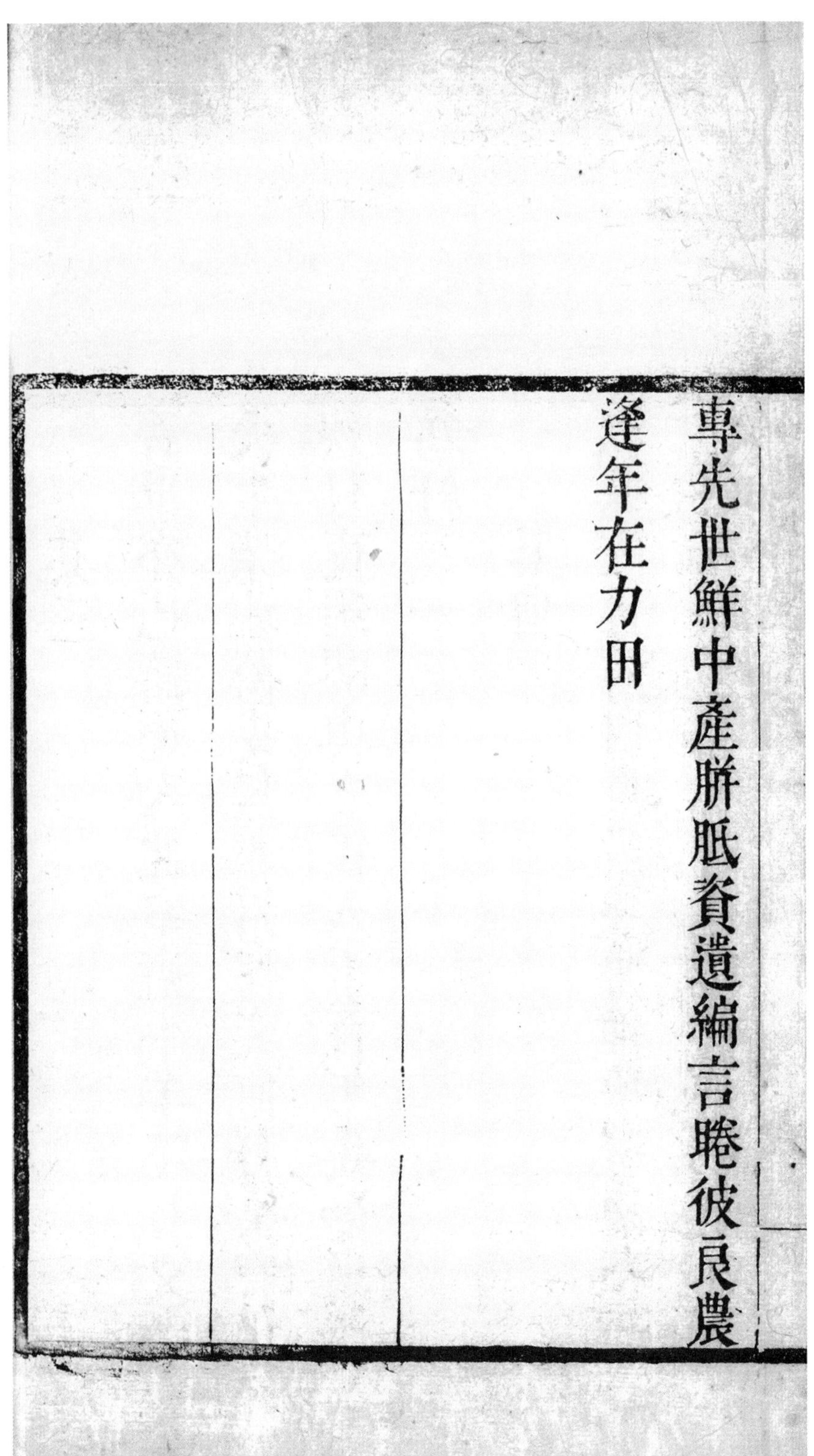

專先世鮮中產胼胝資遺編言聰彼艮農
逢年在力田

七言古

性命解示諸生

思云人性天之命孟云命也而有性河洛
圖書經緯正等閒干支終糢糊靈臺湛徹
開渾沌

楊瓊翁八十

羨翁八十富春秋欲傲靈椿敵羽侯長庚
輝耀竟天浮豈是虹光遶渚流裁厚基培

識有由惡盈忌上嘗偪僂燕山昏夜應人
求田君善散馮客收不疑償金弘失牛坦
夷應可羣沙鷗更欽慷慨植委裘義氣還
須姬思謀十二郎去愈獨留撫孤淮海齊
恒緜蒼蒼會有好相酧簪袍雖未宰皇州
仁義底事投葬漚骯髒世味不入喉窈窕
尋壑崎嶇丘曉捧茗盂暮泛醥滌瀡朝朝
飫羙糈有嗣琳瑯稱天球多教嗶嘌角與

頭人倫冠冕文章旒粤誇阿家德祖修大
德必壽舜可詎有後能述復何憂愉愉怙
怙滋天休從今君有百祿酉仲叔生來天
佐周森森寶樹安玄偉文戰區區展半籌
聯鑣應向帝京遊須臾封貤　闕下投猗
歟何處是滄洲涓子籛鏗不足儔

歷陽行

歷陽行牢騷磊落多風軒懷中刺字欲明

滅賾賾皆然青幾睛噫嘻古來常不偶東西南北栖栖走會稽太守何賣薪文園渴士何酤酒莫笑淮陰老婦惛綠波垂鉤哀王孫薛文任俠仍彈鋏至今却憶是平原嗟乎士患不爲玄晏耳莫愁宇內無皇甫嘗何豈望　士能令鳶肩遇眞主丈夫遇合應有時休將明月暗投之卽今前路逢知己漢際扶搖莫可期

大雪歌

大雪歌皓皓晶晶如銀河天姬翦練人不識鷫鸘裘上冷偏多晚來況對老禪宿彼旣苦空我寂戚彼言電泡盡灰冷儂發意氣益心熱誰無孫家映讀力誰無梁園作賦才三冬學足燠天下侍立不去無有哉嗟乎且自殭卧莫干人霜雪之後多陽春一朝興得鄒生律吸嘘能令溫谷類

與張子

黃石老人斯有誠青蓮居士擲有聲大手能令西崑體昭代猶傳北地名豚犬紛紛何爲爾齧齕英俊獨推子隨口駢語落九天汗血霜蹄自千里嗟夫君不見李長吉高軒一過人稱奇而今慨慷無適是誰識而今韓退之

壽林老人七十

金風颯颯夜生凉銀漢昭回監有光起視
長庚星倍彩虹流電繞老人祥云是林翁
際初度天開石室輝偏注世間甲子方一
周海上籌添應無數我欲壽翁無所從遥
持一杯效呼嵩安期巨棗如瓜大東方丹
實遍賜紅三老得翁四可綴五福畀翁時
億計南山北斗兩無窮此圖年年草堂繫

五言律

贈浙許千夫長九台畱別

東越推專閫南譙屬世家雎陽敢節古天策擅才華士感平原俠奇垂曲逆賒漢庭猶未徙衛霍正無涯

擬出塞

志已僉爾遠任當首樹幾山陰全一羽清海動千幃定石垂秋滿傳鐃過夕肥終家

能意氣何事誓從歸

又

沙中雄上陣風外靖支畿莫謂懸門矢誰
堪展轂幃金貂從不討寶布立當肥蚤夕
烏孫拜無家亦可歸

螢

胎古文形質衷明顯納微當陽權蟄沒愛
月微燐輝飄漢驚星落撩窻覺貫垂靑藜

原有照敢近讀書帷

三星感友人事

三星頻顧聆寫月是眉青冷語氷遊冶嬌羞刺俠傳初盟期椰合底事與花馨孤影慧鸞日白頭空自惺

別友

天涯蓦地通譚心便與同久甘轅下足猥擬爨餘桐氣爽龍爲友機忘鶴狎翁那堪

分袂速髯禁淚蒙戎

題仕女雙墮馬圖

風流饒羽客粉艷共乘騧縱轡憐飄柳停鞭悦散花馭駒三峽近引鳳九天斜錢陣凌鷩卸蒼苔點鬓鴉

賦得何處難忘酒三十首

何處難忘酒朝昏抱膝居半龕揺影隻千卷到心虚浩浩乾坤大悠悠今古餘此時

無一艤何以麗温舒

其二

何處難忘酒新書得未曾開函便欲盡覆卷還相仍商畧撩燒燭鈔傳費制縢此時無一艤何以快披承

其三

何處難忘酒抽毫得意時矢鳴能的破斛瀉是珠隨語出千人廢書成百代垂此時

無一艭何以起沈思

其四

何處難忘酒蓬居處世艱物均康濟急道
獨獻酧慳宵旰勞當宁馳驅望入關此時
無一艭何以負材閒

其五

何處難忘酒隨時强卜居短垣燈火出幽
巷雨風俱寂寞隣無問蕭條盜轉袪此時

無一餞何以對清虚

其六

何處難忘酒蕭然客路重風霜常試鐵虎豹自披茸長鋏歌偏少空囊胆可封此時無一餞何以敵長衡

其七

何處難忘酒家居柰若何青山貧不改白眼傲偏多劍在搖星斗庭空掩薜蘿此時

無一觴何以發高歌

其八

何處難忘酒淒淒客卧情故園心事集孤

榻旅魂驚葉落秋聲減鍾摇夜漏平此時

無一觴何以到餘更

其九

何處難忘酒他鄉節序看團圞見女合酩

酊主賓殘我豈無家别人因在客酸此時

無一餞何以下征鞍

其十

何處難忘酒扁舟路自遥沙平明遠雪浪湧接通潮漁市紅燈出酤帘緑樹招此時無一醆何以謝征橈

其十一

何處難忘酒年年蕭寺東鍾聲清寐破禪想苦吟通辯難無私外忝研有會中此時

無一艘何以破頑空

其十二

何處難忘酒空齋薄暮侵論文纔解席問字正歸林暝色青燈轉天風畫角陰此時無一艘何以壯孤岑

其十三

何處難忘酒皋比鎮日勞談經周鹿角辯理析牛毛治鑄消凡鐵裁扶化野蒿此時

無一艘何以罷心忉

其十四

何處難忘酒嚴程策舉忙篝燈看夜店

帽鬪秋坊天地心何盡風霜色屢嘗此時

無一艘何以鼓名場

其十五

何處難忘酒秋風此浪遊蛾眉從棄置雞

肋任淹留尺璧寧深秘明珠肯暗投此時

無一般何以托閒愁

其十六

何處難忘酒遊人正到家風塵辭面目兒女聚喧譁壁貼前歲句園開舊種花此時

無一般何以接周遮

其十七

何處難忘酒平居有盍簪蓬蒿常掩映風雨自招尋衆惑微言解高懷妙詠深此時

無一觴何以結苔岑

其十八

何處難忘酒人生有别言當歌雙墮淚把袂一銷魂芳草春風遠垂楊細雨翻此時無一觴何以釋憂煩

其十九

何處難忘酒凄然念昔遊故人如雨散勝地共雲浮生死存交道文章寄世謀此時

無一醆何以洒沉憂

其二十

何處難忘酒涔涔雨一天高齋驚落葉石砌響流泉槧影搖孤坐書聲破短眠此時無一醆何以度如年

其二十一

何處難忘酒炎炎暑逼時赤雲飛榔院紅日拂山池揮汗翻經史科頭進論規此時

無一餞何以退蒸炊

其二十二

何處難忘酒年除又此辰舊書搜稚子春帖應隣人婚嫁催經眼風雲望際身此時無一餞何以到朝春

其二十三

何處難忘酒青天明月圓空山揺玉樹高館濯氷壺凄杵千家動寒鍾一寺孤此時

無一艬何以答清徂

其二十四

何處難忘酒華封楚斐逋高衜賒爵貴悽

畧彚葭莩歌哭羣情雜哀榮一字枯此時

無一艬何以謝追呼

其二十五

何處難忘酒偏當病痛煎篝燈那解坐伏

枕不成眠結慮勞心繭埋憂損血田此時

無一艘何以冀中痊

其二十六

何處難忘酒時與五岳懷盧敖惟策杖康樂嗜擔簦撰盡名山記諳多異土諳此時無一艘何以壯磨厓

其二十七

何處難忘酒莊行蹇不肥偏風吹短褐細雨浥輕衣隔澗人煙斷横塘野雀飛此時

無一艘何以遣村歸

其二十八

何處難忘酒曰歸且學農槿籬徧十尺茆
屋覆三重田薄須增犢秋閒教蓄蜂此時
無一艘何以視高春

其二十九

何處難忘酒辭勞且避喧機閒看抱甕地
僻聽關門禮法寬從懶音書寂不煩此時

無一艤何以守荒村

其三十

何處難忘酒脩然學養生名關曾透脱世網已分明服玉茜真色餐雲佇道縈此時無一艤何以駕蒼精

大兒登賢書喜拈成語二句卒成二首

一子登科日雙親未老時榮知稽古力遇合破天奇我自懷三釜兒當發衆箎壯心

殊未已吾道自無私

其二

一子登科日雙親未老時睠懷酧祖德努力達師知干謁羞人累輕肥耻俗移致身須及早康濟正相期

七言律

有思而作

父母恩如天地眞人生何以報劬辛善養
可能該祿養榮身畢竟是榮親仲繇悲在
重裀動毛義情爲捧檄伸都緣愛日情無
已可柰堂前菽水貧

和友人畱別

自是淩霄漫說鳩年來郭懃獨顧畱不輕

湖海能青眼巳重山川肯黑頭報我秋風
彈去劍倩他明月送行舟無愁料應前途
好藉有文光射斗牛

干耀齋五十

南豫人豪自軼羣廣陵玉蘂正堪分明心
善解西來偈好客偏移隴上雲麗野家聲
稱米力徐卿美嗣會書筋逍遥三百春如
水知是祥光向遠雯

金陵同古宣張上舍登甫寓

黄花自昔擅風流白下于今晤壯遊詞賦
如雲披滿座肝腸似月徹空秋曲江作鏡
時逾重燕國爲椽志易㷀媿我龍鍾無所
似願言提挈赤螭頭

姚愛山令嗣入泮

天悈八字網羅長昴首清時盡得當合浦
光生應有見豐城氣燭豈能藏宮芹先映

琳瑯色苑杳旋聯棨戟芳坐看綸音飛壽域龍章鶴髮慶交翔

余順吾令嗣入泮

萬里雲程發軔長千秋事業許誰當風雲玄對眉山老造化明噓潙水藏堂植三槐知有後家傳累葉應流芳黃麻更自來丹詔鳩杖從容接鳳翔

鞠怡亭令嗣入泮

多君世德發祥長纍纍明時一得當有種
書香應蚤茂天生俊骨自昂藏先鞭甫着
宮芹美接踵旋聯玉樹芳指日飛黃交奏
捷　紫泥前後美翱翔

輓謝甥景乾

乘虬何處宵爲遊既信還疑可勝愁有壽
仁人占永寘無知天道計相仇池塘長夢
青春草霄漢應題白玉樓起望靈巖秋色

迴西風落日淚悠悠

贈友人叅運椽

皇國泉源賦海殷塩梅相業試微分宏施未罄屠龍技薄試耶窺起豹文漢代勞臣標陝谷燕山佳糸會星雲聯翩濟美尋常事長發遥知定屬君

贈閩人林氏昆仲

八閩海上推才藪九牧家清定胄袍經濟

風雲雙璧峙鼎彝日月並霞巢開誠盃酒
驩知已俠烈綈袍盡故交愧我迂疎成傲
骨感君青眼作人脩

賀友人六十友隱於農樂善九月初
度

祖來巢許是生涯世業穰穰羨滿車德重
太丘堪範俗慶垂堯叟足傳家齊眉荆布
貞爲樂遶膝斑斕景更奢我忝同人何所

祝年年壽斝對黃花

賀孫建寰五十

風期洒落遠超繁座接芝蘭待綺言玉立
績書光雪映金聲作賦老雲捫麗人時集
東山墅好客嘗開北海尊五十服官稱舊
誼肯令思邈老蘇門

贈古歷陽蘇守公

從來百粤饒瓊異桂海多君屬大家汎瀾

文津廻紫氣琳瑯秇圃絢丹霞壯遊驥足方餐蔗快試牛刀正苗芽指日明光宮奏最爐香接武望令睞

接待寺對月

僧居無事對淸光暑夜迢迢漸覺凉不數沉瓜誇勝品何知折桂有奇香生憎叠叠浮雲蔽好把晶晶皓魄藏彈指中秋端正日團圞萬里任飛翔

謝上人點眼

六根愧我未清涼賴爾慈悲說大方什襲捧來優鉢味開緘點處祇檀香頓教舍利還眞相倏見摩尼放大光怪道世人常頂禮法王原是大醫王

贈古宣心寰周文學

蘿月金飈大火流秣陵汗漫幸同遊傾人竝骨飛朝爽懷古清狂對碧秋光霽範垂

吾道重縱橫劍售世知㴱相逢愁別還重
訂再聚黄公壚上頭

代友賀禮曹

有客乘驄紫玉羈椰垂花艷拂鞭遲瑯琊
物色風塵外豐樂人文霜雪時漢代求賢
三序啓周才造後百胥奇從兹頴脱參何
見牛鼎旋看接鳯池

贈古歷陽盧守公

古言天府屬三秦九鼎神金逗俊人薄海
宏施看穎豎橫江先試著猷新雙鳧纔近
萑苻遠五馬初囘市井寧增秩璽書關內
爵漢庭報典故分明

泉水山房寄子 時家寄新釀至卽付奴子同

雨餘山寺正淒然佳客過臨遂我緣幸有
宿酲供酌久何多薄鹵到尊前心期諸子
成模樣夢入淸庭亦幻顛欲寫離悰因不

便紙長話短自相牽

贈醫者

千里神交素有期何緣傾蓋睹光儀風標
挺挺乘驄日意氣般般薦管時寘黙玄珠
歸罔象刀圭玉液貯瓊巵懃余俗障兼多
病半接而今悟息斯

五十歲自作

碌碌蜉蝣未計年奔營分敢怨緣顛雞聲

頻喚三更月馬首偏懸六朧天半世頭顱
徒自笑千秋事業向誰憐而今偶悟黄粱
夢不信清閑不是僊

五言絶句

敝几

月紙可當髹施糨可當漆但使能讀書何
用烏皮力

北窗

横開二尺窗無風凉似水一編手未休高
卧果何以

夏日雜興

長夏果何愛茅屋復無暑一卷傍槐陰蟬
聲催過午
又
乍可拋書睡西窗已夕陽喚兒閒課句先
與辨宫商
見禿筆有感
不辭摩頂勞還起免冠謝辛苦多文章溺
冠仍慢駡

問店

停鞭試借問炊錢能否少餘錢酤醉眠也有邯鄲道

取松蘿六安兩茗和入一罌北蒔蕨花香南茗蘭芽氣清聖與幽人一破南北謎

晝夢人送牡丹圖

天香入面圖猶有香欲醉老去不知春任

人說富貴

六言

年來爐扇硯燈親執其事豈日克勤小物實類太丘行藏然故耐之古人多從磨厲中出則安逸所不齒也

自扇

揮汗翻書不輟饒君午日當空那得白龍皮水更想紫石松風

自爐

夜深手然榾柮有時坐亦忘煨但取點他
片雪何須撥盡寒灰
自硯
我生無田食此人世有鐵鑄之要使君苗
焚却捨書而嘆何爲
自燈
獨向琉璃分照誰司𧄍萵餘光已伴十年
風雨看他太乙劉郎

節憶

記得那年端午家家門懸艾虎麥熟叢裡笙歌茴香中間簫鼓

其二

蒼鵝肥只討隻白酒賤不論觔歲歲會逢節令人人幾遇年登

七言絶

醉題

肚皮知不合時宜自有千秋大業垂富貴功名等閒事可知汗血在羣兒

歷陽夜渡河

夜午村村鴉亂啼扁舟月載藕灣西隔田早有耕夫起莫道行人慣拂堤

閲卧遊樓史

卧遊樓史何爲者亦在當年著述中何事
早留方寸地不留著述也春風

贈友别

尊酒相逢即弟兄知君任俠慣多情圍爐
却好談心客何事扁舟促去程

其二

北國南譙天一開邗江瞬息可徘徊林宗
叔度原稱契莫厭音書寄往來

贈管邑侯

福星燦燦引天關琴曲文聲始計綸夜深
村犬吠明月溪上見童捕蟹還

觀蛛集

燈下翻書二鼓稀忽看嬉子集人衣憑伊
報甚功名事往往來來遠四圍

醉閱窻集

午夜歸來醉似渾呼燈觀取舊詩論怪他

光耀冲天極少小工夫不可言

贈某上人爲親刺血寫經

木有根兮水有源在三重誼莫名言古今多少辛斯道誰謂頭陀解報恩

讀古歷禪室不知清明之至

近來課業覺辛勤底事春消客邸情忽見老僧贈垂柳方知今日是清明

苦心尸古示門人

皇天不負苦心人心苦由來入道真相業
儒功原一致歲寒他日滿林春
好心 戶占示門人
皇天不負好心人心好由來處處親濟困
啓蒙成已事漫言作受是餘因
百福寺齋居謝飲
東坡不信苦黃州剝啄須知累應酧暫領
維摩居士戒清腸留與講堂收

病中擬往湖上不果

西湖原不在天上老病思遊不得遊羨煞孤山林處士千年猶得葬湖頭

臨去留題辛未閏十有一月念六日以手畫授而逝

一堆黃土葢文章五十年來志未償忠孝綱常千古事後人努力肯相將

西墅草堂遺集目錄卷之二

文部

壽序

姚隱君愛山七十壽序

葉封公東溪暨胡孺人偕壽序

孫仰泉暨胡碩人六十壽序

魯介寰六十壽序

童亦泉八十壽序

呂龍川七十壽序
菱陽李母七十壽序
張母七十壽序
孫母六十壽序
謝母王孺人九十壽序
孫母滕孺人七十壽序
思泉上人六十壽序
孫覺寰膺來邑禮椽考滿序

胡少峯叅邑椽序

西墅草堂遺集目錄卷之二終

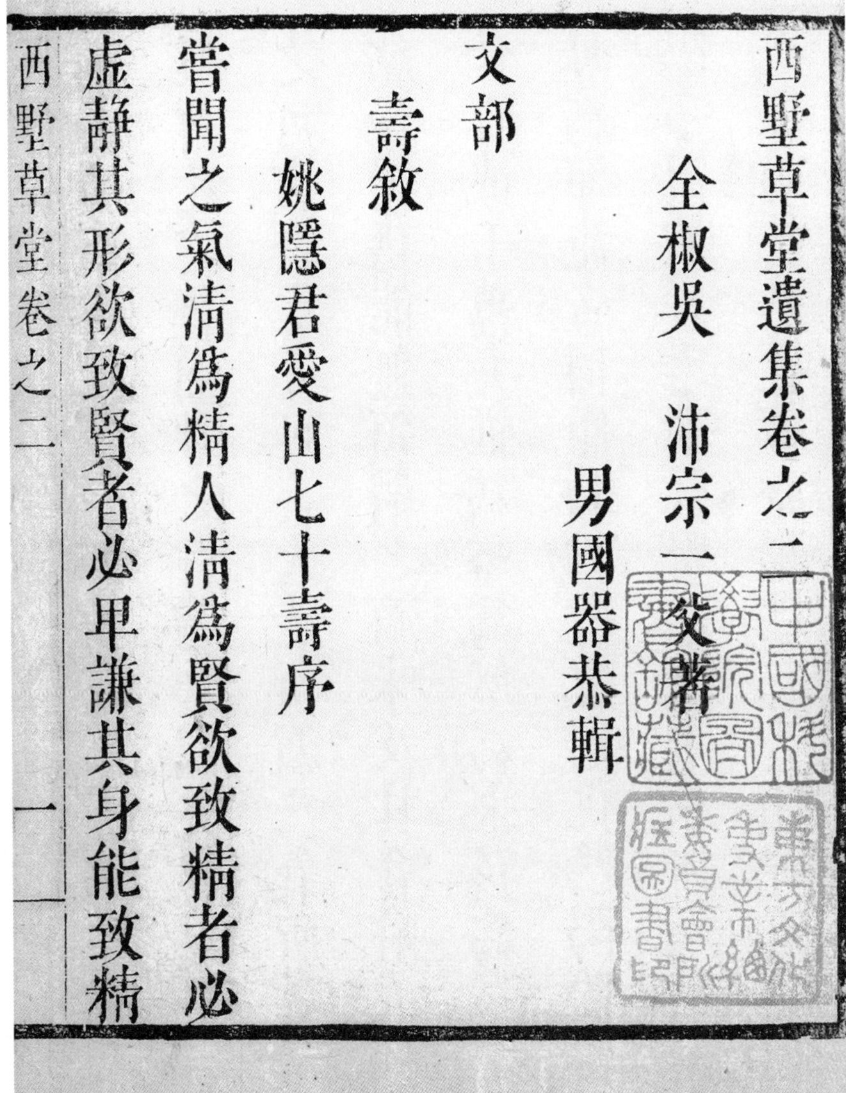

西墅草堂遺集卷之二

全椒吳　沛宗一父著

男國器恭輯

文部

壽敘

姚隱君愛山七十壽序

嘗聞之氣清爲精人清爲賢欲致精者必虚靜其形欲致賢者必卑謙其身能致精

則合明而壽能致賢則德澤洽而久噫此其尊生之經僃身之旨豈乎似矣要以判之可言合之亦可言大造所爐二氣所炭緒紛遝藉能無領清之滴味及其食酎或什百或千萬夫惟爲谿爲壑爲末孩爲衆毋爲渾沌帝罔距物物附之罔仇陰陽陰陽不得消長之則仁賢之所事精所趨也奚以明其然也古歷陽姚翁然也翁氏愛

山為邑甲裔自高曾迄茲節槩潛菴先生
尤篤于善戱而肆不律値會觭釋去稍稍
習陶白業用而奓庚嗜慕行菴仆水嬉堂
魚毳秘饋菜茅順而翔之長枕聚歡謝產
示孺姜薛友而房之解軾下里門恂恂不
口折折不衣祖萬石君惟一意醇謹義晦
儲賑使血胤罔斆素蔆弗恤解推希文志
不倦周故遊則石交之谿拯原明之所嘆

也而活窮涸則三黨之爲全百家之火之
以舉也踼周道險坦以航津路無骼霜無
髀氷無湝骨橇空廣虹梁蜿鰍好修果笠
如來山居士古云善登德滋其斯矣乎而
先生方嗛嗛不勝日討諸嗣君而義方之
琳琳玉立雍肖膠誦雲姓逵滕彛彛起莫
不負頭角鸞龍刻鳳雪藕氷桃指日可摩
天去而且續之而且爾之而且光之大之

繇前而觀則所稱太丘彥方或多弗備繇後而觀則吉祥善事諸福可致者葢亦罕儷已江都傅之謂卑謙而虛靜者不其券符也哉嗟夫龍亢者悔之柔弱者生之高明者瞰之虛挹者注之故夫福害繫益之義彰乎曙矣先生躋從心而神官君卒釐然弗頹駸駸逾上壽而上之不以此夫

葉封公東溪暨胡孺人偕壽序

余嘗横襟而窺蒼宙凡縱生横生之屬紛紛莫計而神奇腐臭兩兩嬗化若陰陽寒暑之有定且誰椿誰菌云乎哉乃曰小年不及大年又何以稱焉夫惟無以年爲也者乃其無以爲年者也其有以爲年也者乃其有以年爲者也洪範不云乎壽考康寧而首德厥旨可知已吾爲莫驗于葉封

公東溪封公爲新安世家幼習鉛槧業數奇弗售飄然曰范大夫以計然之策半用以霸越半以雄曾且好行其德不愈于徒急人而赤掌者乎剡人負卓犖擅奇偉何事不可稱祭酒而斤斤毛額爲乃去爲積箸雖游于賈人乎坦夷豁達慷慨有大度周人之急急人之難有請未嘗少恡亦無討昏暮凡梵宇神宫橋梁之屬以一手植

之者無能覼縷孺人胡爲勛弁子嬪于封
公閫政克嫺卽既稱奓溢尤身先績紉至
于周恤貧窘左右稱封公封公性率真間
一二引繩批根而孺人以和濟無齟齬後
安其以厚誼相成如此舉丈夫者一郎今
大理君云大理冲年緝學工文詞烺烺有
聲蓺圃以成均上等授待班嘗以歲祲往
賑豫章所全活不下富青州緣以累勲晉

階大理大理爲古廷尉佐此者難其人而
君多所平反人稱仁厚　神廟時以敬成
素著稱最得覃恩封封公孺人如其官是
龍章焜燿青紫繽紛固世所稱榮慶幸而
不可得者都哉盛歟大理擧丈夫者五皆
嶄嶄有頭角琳瑯玉圃芬郁芝堦指日可
脫穎去而摩天翔其封公孺人厚德之遺
矣今偕稱七袠皆矍鑠清明初度之辰封

公與孺人峩冠博帶珠霞鸞珮于堂上大理以朱緋銀黄代斑襴舞于下諸孫濟楚羅列于傍稱拜進膝遞前爲壽而封公與孺人坐觀其盛非所謂吉祥善事書之所爲福德者哉傳曰皇天無親嘗與善人語云曾縞以日章華以世然則人世修短之數豈繄大力者赴之而趨亦醇醲敦固自培其根自握其勝已耳然則封公孺人因

是而期頤大年固可燭照數計矣此非予
諛文大理嘗問奇于不佞詎爲通家東華
鞠君帶川趙君與封公爲兒女姻予三人
咸知其世有厚德而不佞于鞠趙兩君又
世講爲莫逆交亦不敢以飾說而處此遂
次其語爲修瀡之佐云

孫仰泉暨胡碩人六十壽序

余嘗觀古誼總于袒冕執爵饋酳詳哉具備未嘗不輾然曰都哉先王敎天下以尊高年敬有德而卽以高年有德者敎天下余每慕太史公之爲人時於採風頁俗之際每致意焉今游白下締一大社于秦淮渡頭遷人墅客山翁詩叟時時過從其有高人逸致潛德幽光亟表章之而吾鄉阜

陵距白下僅一衣帶于中吏治民風既稔
聞之其一二耆碩夙儒間以奚囊郵筒相
商金飈薦爽淋雨初霽靜坐社中有故人
自鄉來因其里中仰泉孫隱君暨厥配偕
六袠謀以一言代滲灕爲余誦言之曰君
爲阜陵地著先世編爲都鄙伯其先人古
泉翁宿有隱德恂恂如萬石君君幼習周
孔弗售俛而嗣故業色奉兩尊人愉愉欵

欵志勞備之中處閭閈如光風冬日坦然
開朗見臆毫不作齮齕態舉丈夫者一殊
弗暱而課以潚篠頃地方多事廻旋其指
曰男子當建侯萬里胡弗從事于龍虎魚
鶴之筴乃器亦駸駸儲偫陞絳灌畧因字
曰斌蕃欲惟其所用也吾鄉之俗凡爲編
戶伯者率借公家之務漁獵閭左君絕不
染指乃家政亦隆隆素封總之以寬厚質

行與世相徜徉邇江政直指傳公留心于
化民成俗故輶鈴所經每敦崇父老立之
條約而邑令公楊復鄭重其事必望合輿
情行乎素著者俾董其任仰泉君以衆推
預焉歲時伏臘諄諄以　聖祖六言爲人
持說桃李之蹊早有以典刑之矣故循循
而薰其德爲善良内子胡碩人亦以望族
適君鷄鳴熊丸有相之道於今偕躋六袠

精神體澤爾王而未艾並坐堂上子婿稱
觴諸孫逓滕意古所謂福德而考寧引翼
而維祺者歟余曰傳稱觀于鄉而知王道
之易易也彼太丘敦行鹿門偕隱而俗隨
以善不信然乎蘇文忠之銘三槐堂也曰
仁者有壽仁者有後則所謂自食其報者
耳方今我國家講黃耇乞言之典而聞竽
聽聲急有用之士君之榮名于人貌者又

寧僅僅以耄耋足福哉書以畀諸君子而
往壽焉

魯介寰六十壽序

魯君介寰歷陽世家也　高皇帝繇歷陽渡采石定鼎金陵魯之先人有扈大駕功而紹鈐典誤世其傳久矣代有聞人發跡賢科者肩背相望五馬三鱣累累若若君之尊人裕吾翁嘗一再振某某鐸音家學淵源抵今不衰君少而穎異日誦數千言下筆頃刻不加點郡人每擬一當適　神

廟時滇嗣倡亂一時豪爽有志者咸奮臂思建奇勛君毅然曰士生天壤當勒燕然之詩豎虎頭之績建侯萬里與古祭征虜郭汾陽並有聲于世宙柰何日事毛穎俯首作佔俾爲而本兵時急閫帥日討山林隱逸奇謀秘計之士在在推轂君以故奉檄而往有封狼胥居意會兵事就艾而弗果行居家事兩尊志色雙到撫弱弟殷殷

屬屬有伯淮風中處親友白心赤意飲人以醇醪及有大是非大關係侃侃挺挺即百折不可奪葢忠厚正直其天性然也故郡中事無鉅細咸取衷焉至有望盧而返者郡中月旦以爲其醇厚似石家父子其重望似陳仲弓其正俗似王彦方而其取先之風雲魚鶴之略而肄習焉又似劉子羽今雖優游林下而係朝野之重尤勤者

義方舉丈夫子者一爲文學堯甫云堯甫
生而汗血蔪蔪有頭角君課之愛而能勞
齡年即遣就外傅日誦先人所藏之書將
冠補郡博士弟子員有聲塲屋頃食公餼
指可摩天去乃堯甫更篤于行誼居恒然
諾不侵步趨不苟擇言而道擇地而蹈如
輓俗之蠅營狗苟態薄弗屑也今督學使
者大器識之舉爲士風之則其素範于庭

訓者至也君今稱六袠矣而尊人裕吾翁始捐館君子一時上承于耄耋之親而稱順子復下臨于冠帶之亂而稱慈父可謂吉祥善事人所罕覯者矣行將爲我國家上金城方略爲公干城爲朝柱石與古趙充國等而尭甫旋冲舉去俟恩綸寵褒不亦都哉此非不佞諛之也諸君子歸爲介寰壽曰積善餘慶可進一觴曰仁者有後

可進一觴曰人貌榮名可進一觴

童亦泉八十壽序

余偶策下西墅毋喜與諸父老較晴雨話桑麻問有年誼雙懋者雅敬重之謂其一鄉典型所係也葢已知西墅有隱君子亦泉童君矣今兹七月念七日乃其八十始度之辰厥姻曁厥婿走幣徵予言爲滲瀡之佐縷陳隱君以戎績起家世有隱德君幼習竹汗弗售遂頫首嗣世業日從事于

栁塢溪隈以自徜徉生平正直明朗里中
事無鉅細無不就質于君君至卽立剖然
與人諄諄藹藹如春風冬日人遇之如飲
醇酒性尤嗜善凡焚修冥果崇奉信受旣
有成蹟今雖八十精神猶如壯年五官之
用不衰而嗣君兩人咸志力勤養以若其
顏色舉諸孫如立竹已稱可慰俄舉雲孫
復二人是古今所稱嘉美善事不易備者

皆備于君一身矣寧不當稱觴賀耶嘗謂尚書五福並稱而尤首德老子云柔弱者生之徒似又重養以諸君所稱述奚啻并隆執爵執酳之典所先及杖于朝者矣況由是而期未之或已者哉

呂龍川七十壽序

吾椒西北皆山層巒疊岫列障送青不一而足其蜿蜒紆回直走而西則爲五龍山氣勢聳削望之葱蘢吾故相其中必有異物焉如茗名天池參稱河遼尤必有異人焉如東海之羨期夢雲之黄用輩咸鍾其靈厚而産焉者也居無何文學呂延之扣予以言壽其從父龍川君七袠訊其所則

家世龍山者嗟夫吾故知其必壽矣而未悉也延之氏曰愚諸季醇樸人也素業農於治秣灌蔬外無宅腸足跡不多至城市至公室尤希遘焉處宗黨恂恂默默無裂眥露齦劣態並無虛憍習氣穮蓘之暇岩玩川觀時而約一二父老問桑課麻野田草逕時而縱目于五龍之巔嘗以酒德聞而又嗜局戰故手談浮白間多累日熙如

也葢吾叔隱于農故所得趣于農最多抵今壽至古稀而精神矍鑠如昨日也子某任俠有爲嘗一任里正而諸公私事無鉅細咸措無咎則又釋吾叔後人之慮矣予曰噫嘻壽受也所取精者厚故壽也雖然天益當受而人損則不必宜受有綿吾算者宜受之以增有促吾算者宜受之以減吾聞之天池之茗以久霆而變遼河之参

以亢暵而惡物固有以自成矣而矧人乎美期不受變于祖龍之舟商皓不受變于馬上之詔則在夫人耳子于諸父也若而言則龍川君之鍾靈毓厚所受于五龍之氣者信不誣矣而凡所謂宜益宜損以與葆其元精者意者其亦有所以耶

菱陽李母七十壽序

客有從菱陽來道其邑中諸長吏悉甚因稱其少尹李君賢且材余口菱陽畿輔股肱繁劇倍他郡鉛刀效割不折則鈌李君能于其職諸務畢舉四境肅清爲當路所器薦出其所挾必有以得當于時明敏練達其性質然乎當有所自成也居無何棠之友人輩謂李毋徐孺人以是月爲七袠

履揆謀稱觴爲壽徵予一言用代滫瀡余
以業知少尹君弗獲辭苐士夫之行表于
鄉國女士之德弗逾閫閾余不習孺人然
試臚列可乎諸君子曰孺人以甲族早歸
翁蘆江公有伯鸞德耀風承事兩尊人色
養備至中處伯仲戚里無不曲盡自倍蘆
江翁即甘澹守樸以課讀含飴爲事先是
少尹君伯仲荅兩人伯氏早坳孺人撫少

尹倍摯然弗⿰耳匿也篝火和熊機織洴絣以
佐攻苦而少尹用是種學績譽爲世名士
迄用奮迹循異治行稱最諸孫英爽絶倫
嶄嶄有頭角摩天指日且友恭藹藹孺人
嘗違和少尹君厥配刲股和湯藥卒報可
則皆孺人閫訓厚德所釀也今躋七袠精
神無踦向時五官之用不衰項就祿養少
尹君月侍顏色甘膬以鼎餼爲斑襴以組

袚爲繞膝效順而孺人優游享之庶幾哉
福至已先生何以華褒之也余曰陶士行
爲典午名臣攷厥自湛夫人令慧教有素
故並稱至今孺人與少尹其媲美哉少尹
日益勉效其所得爲將菱水灘邊鴻鵜兩
兩而下行將見璽書贈秩顯擢榮褒焜燿
北堂而少尹之政聲愈崇以隆孺人之福
履正未艾矣予且以青簡彤管爲左券

張母七十壽序

張君心萬歷陽膠彦也世有隱德其先大父南川公父事伯兄子視孤姪一時長厚之風義氣之槩嘖嘖人口其尊人爲少川公友愛厥弟里中稱厚誼指不多屈往州大夫高其義敦請飲於澤宮固知忠厚慕義爲萬石君父子埒云心萬嘗問字于不佞初面之循循若不勝衣吶吶不出口及

與話朝家政治邊境要害若懸河義形于色尤篤于行誼生平所口履率忠孝醇謹事而敦睦之道彌厚又知以義世其家矣以四月四日爲其北堂孺人七袠初慶友人謀佐稱觴徵言于不佞乃不佞焉得以固陋辭第士行滿天下女德不踰閫惟登堂之拜之餘知孺人者必習盡悉言之友人曰孺人誕自 門勲弁子自曰嬪于張

奉事兩尊人日烝滫隨孝養備至後姑以老失明事之四十餘年恭順如一日未嘗少犯其諱相少川翁鷄唱矢警家政日隆聿並計陶房帷新其人者三莫不人咏樛木公篤于手足與季某自齠年迄没齒驩愛無間凡腴產華棟皆所手創皆中分之無恡容亦無德色孺人以宜家助之亦于妯娌間終身無間言舉丈夫者一郎心萬

也愛而弗暱遣就外傅時有熊尢之佐以故績學工文辭炳炳有聲有侄某亦撫如已出心萬領尊人拮凡處族屬悉用是道底今七袠矣五官之用不衰而逡滕含飴迭進爲壽可不謂歛時五福者耶余曰跡所稱述張氏先後可謂義門矣聞其先大母某以道相其間今孺人踵其高誼所謂貽之深胎之遠者非耶夫爲人臣與爲人

室者其道同臣以義事君義在無成即循默非苟義在有爲即挺直非激要于成就一是即人未必諒之而天下後世有𨔝之者矣以義宜家保無不義者交鬭其中抑以成吾心之所謂安而已矣且義于五行爲火有文明之象于四時爲夏夏大也然則天之所報施𥠖人更自有在不獨以年而已也

孫母六十壽序

甞讀漢武外傳王母觴於瑶池命王子登阮靈華葉䨱八音之璈拊五雲之石吹雲龢之笙作九天之鈞爾時青鶴下翔碧桃上肵心竊異之訝爲恠誕不經見事旣而思之董江都曰氣清爲精能致精則合明而壽易曰坤厚載物德合無疆詩曰樂只君子福履將之然則世之包陰負陽者苟

能含弘貞固造化小兒不敢夭其天年而靳其數果爾誰云方內外不相及也吾鄉介江淮間稟凝厚之氣爲多中多饒名士偉人亦復迢龐眉碩德其治西爲巨鎮鎮之著姓爲孫賓賓磊磊丈夫而卓特者固難更僕數闡德而以壽特聞者徽音不絕邇復得孺人王王爲譙士著姓世有隱德誕孺人少事愛岡君釋弭瀑布侍乃尊人

盥櫛甘膬克嫺婦儀敬友伯孺人孫唯唯若若捆以內無間言也亡何愛岡君棄賓客捐館舍貽藐諸孤尚在懷抱無不爲孺人危孺人憤然自矢曰所不翼若子成立大乃家聲者有如此日于是早起夜息持籌握算華而居廣而畛實而室視愛岡君不翅倍蓰云噫自歲不穰者再四書富翁大賈鮮不匱其篋胠而孺人獨隆隆起即

奇男子葬以過矣且撫愛嗣君君繹慈誠倍至然煦而弗暱遣就外傅君繹亦遜志懋于學蕲蕲有頭角行可拭目以俟至孺人家政肅然馭臧獲以法而友愛如孺人欣欣有古樛木小星風以今年六月十四日爲甲子初覆五官不衰而神愈王而期而頤固其所也曾縞膏火所由來矣意肸腹刄不折則鈌何則其積薄也以孺人衆

孅畢萃有先達者行將聞之朝而旌焉又何難長覩霄壤西王母之足奇也哉

謝母王孺人九十壽序

謝母王孺人者思橋謝君繼室也思橋先娶于我吳舉丈夫者一是爲文學功也繼娶于王舉丈夫者亦一是爲仲氏勛也孺人以是月廿三辰爲九袠是宜稱觴祝也作圖以祝者誰余從兄易軒也易軒于前孺人爲鶺原而于王繪圖祝者圖不朽也曷爲乎圖不朽德王感王思有以當也曷

爲乎德而感之也以伯子幼而哀未幾而功皆鞠于王也迄後以博士弟子員首邑中皆王贊翼力也此或吾兄意也若夫黨人之閫政正未悉也少佐君子雞鳴礪焉職也迨事尊人盥櫛滫瀡順也謝甲諸姓同泡漏者數百指而無間言安也戚里臧獲咸飲和德淑也猶子有不逞者至形詬誶睚眦而置不較度也其它繙浣布瀑綺

纂穀製種種細弗殫也皆孺人之檷儀可
紀形管而示女誡者也吾聞之和以迎和
正也以淑德而徵福德前見者也以和召
和理也以女則而未獲女士事之不可知
也嗟夫修短化也則遲速多寡亦數也數
不足以勝正理其終卜多男可必也此又
稱觴者不盡之意而予推言之也若然則
孺人之可賀者政未止以耄耋也

孫母滕孺人七十壽序

歲壬寅孫君少岡以其里中事公家命爲正大都老成練達慷慨磊落無骫度亦無納泯葢里中一偉人也事亂時予有成言爲榮還賀復聞其季氏愛岡稱是予故異之以爲天之生材若東南竹箭不削自直固多益羽金而造就之犀利倍之夫固有所成之也居無何戊申秋孟友人以其北

堂壽七袠徵不佞言不佞曰是固然哉予
固知其有是也予業習二難狀矣女士之
德不踰于梱非諸君子疇表章焉諸君子
曰孺人生于滕爲大姓女紅女誡蚤克嫺
之迨嘉止曰嬪于松岡翁矢雞鳴懃瀑斷
雅有伯鸞德耀風梱政遂駸駸以素封擬
已而翁捐館舍孺人益憤憤然思有以成
其後也日不睨玩口不誤華日夜課兩君

事鄒魯不獲乃嗣先人業肯堂肯搆振裘
拓箕隆隆然勝于疇曩兩人亦奉君惟謹
入趨堂上則怡怡聚百順無少盭繆出愆
公役孺人叮叮不休誨以無敗乃公事兩
君亦奉君惟謹以故善其職榮施到今如
先達所云也者底今碩人七袠矣而精神
清爽不見有蹣跚恍惚態佳婦日進餌奉
鮮頤養咸備諸孫羅立供色喜皆錚錚有

頭角將蜚聲標異克閎顯先非吉祥善事
耶先生其何以華袞之也余曰噫嘻是固
然哉予固知其有是也昔東漢袁功曹見
器于郭人倫心竊異之後聞其太夫人有
令德迺益心醉焉夫固有所成之也以孺
人衆媺畢萃則難老永錫其又何惑焉傳
有之視履考祥孺人之謂矣迹諸君子所
臚列寧直爲慈謹率先已耶女德母道之

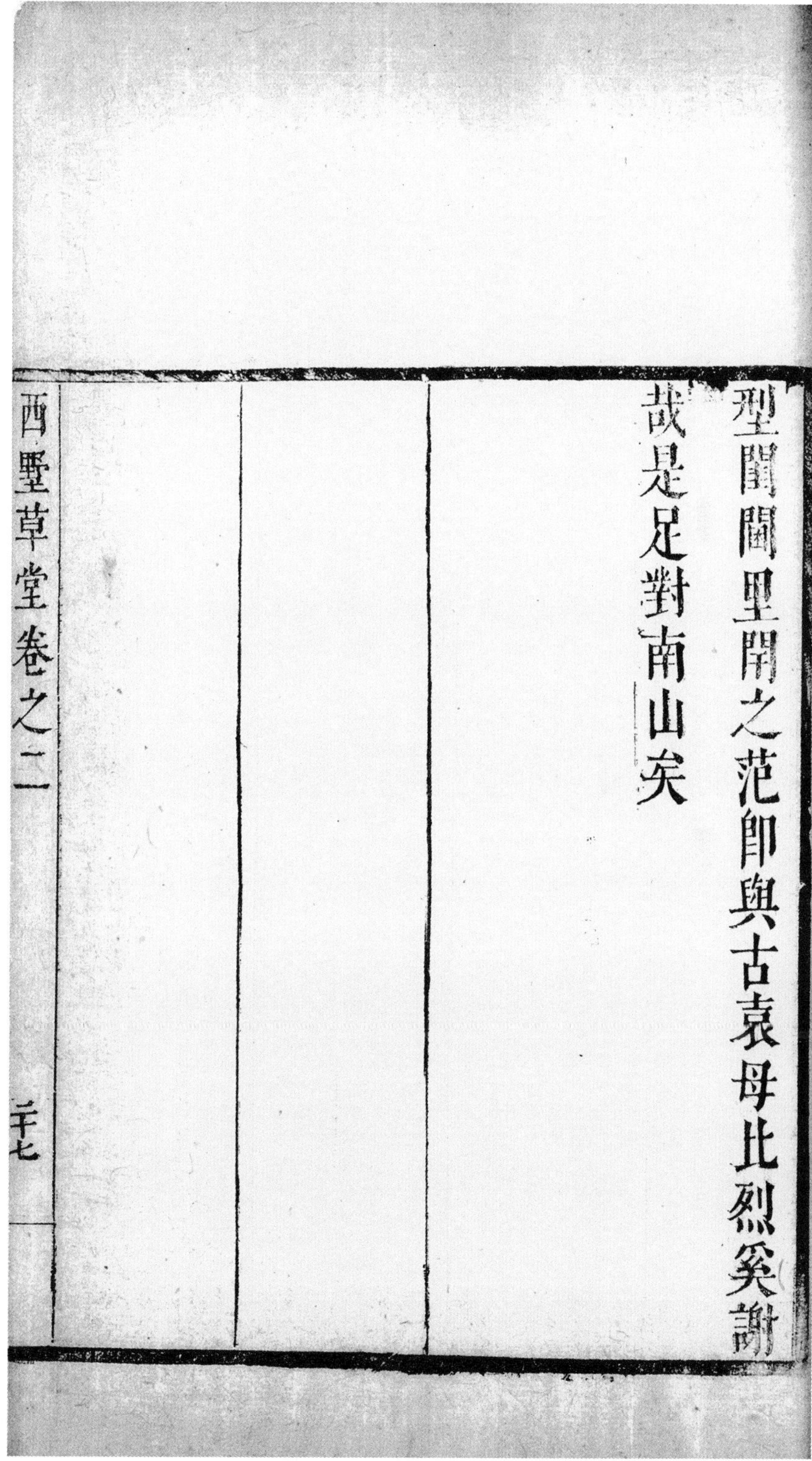

型閫閫里閈之范即與古袁母比烈奚謝

哉是足對南山矣

思泉上人八十壽序

爾時世尊以一大因緣出世諸法空相以無我相故四大五蘊究竟烏有以無夭相故殤子菌根究竟烏有以無壽相故百千萬億究竟烏有能如是將修短相亦弗計較不不也諸法空相是證上乘登彼岸後幻跡諸無盡意塵纏直現在永年政以故不能墮劫不得失身意云何修短相亦弗

計較如是我聞釋迦佛八十有二歲阿羅
漢眉修顛華何以故寶積蘭若思泉沙彌
六七歲卽願出家披剃爲佛大弟子卽斷
諸苦煩惱障三千大千凡吉凡善無不解
脫如一無有日捧西來一泒瞿曇大藏誦
過罔數而皆得譯皈依老僧處衆大比丘
人俱如父兄弟有小沙門可六七衆求其
衣鉢此六七人亦皈依之難其雅練傾諸

檀越毎勤募化爲人持說諸經勸人布施諸凡如來殿大士殿天王殿奕奕爾鏤花金相巍巍爾峩峩爾寶樹森森爾是營繕者是粧餙者是鼎造者如是等等善果種種法念而皆遂其願今生受持今生受之以甲辰年壽六十歲若手若足若目若耳若齒牙若意識精明强固異六十歲蒲團趺跏觀定入靜萬緣都息松下清風山門

白日圃蔬山茗鉢水盂羹殘經斜月長燈
大龕逍遥自在快樂無邊半果圓果大乘
小乘月白月白未　必解如是清淨離諸
凡刼何名極樂卽是極樂雖無天相以何
得天雖無壽相而自得壽八十二歲長眉
阿羅指唾頓至能仁金剛常住不壞亦可
漸證何知宪竟得長壽願僧非僧等皆大
歡喜作偈讚曰

如來原是空　何以願長壽
眞身得常在　貴此血肉爲
但此天人間　廻轉如一瞬
何以得常壽　金剛不壞身
幻身若常住　方以盛眞身
若無此幻身　金剛體何著
有如是長年　而可覓竂諦
得此眞諦昧　快樂無老死

惟願加修持　永却涅槃道
極樂眼前是　云何登西方

孫覺寰膺來邑禮椽考滿序

蓋嘗讀尚書閱其敷奏以言明試以功三載考績黜陟幽明而繼之以庶績咸熙曰都哉大法小廉綱舉紀理豈非以此也乎蒼姬秉籙官之以九品計之以六弊用能庭過師濟野逐淳和可與姒氏媲美矣故國家稽古定制官人無方考成惟時一時以功曹起家至卿貳如徐萬公輩然倒皆

從省臬長令入覲之例率以三年爲期以
察其殿最其間卑卑不及格者置不論而
有所負者輒舞智抒罔祈能有爲有守善
作善成鮮乎覯矣覺寰孫君少事博士家
言已乃頫首就掾事得來邑禮曹大來斗
邑耳索敝賦賦金車者無寧日君故材且
賢能井井布置無少窘且時出囊金佐之
無所涸入至于祀秩釁政諸巨務率練達

稱上意旨蓋出所特主與諸餘故靡不迎
刃解也今以禮曹滿秩而歸其姻人徵予
言以爲贈予固嘉孫君之進退有據身名
俱泰而又嘉諸君子之善成禮也諗于諸
君子曰傳有之不習爲吏視已成事又曰
惟其有之是以似之夫孫君之成績可自
卓前第者來邑是已惟其有之故也異日
盡其底蘊以張布于天下且將駕徐萬之

上以致虞周之盛奚謝哉行且爲孫君更

酌矣

胡少峯黎邑刑椽序

國家倣周官立制列以六卿天地四時莫不具備下逮郡國功曹亦推其制署爲椽以襄厥事幹若局蓋功令也然六卿之秩望雖埒而司農司寇之屬視他局獨備夫亦其務較他局獨夥耳豈以郡國之瑣細鹽鐵爰書獨不然耶此其煩且難可知也當其事者惟是老成練達之才明敏愷悌

之行庶可勝任而愉快阜陵爲畿輔股肱諸所統轄無不旁午而於戶刑兩曹爲甚長邑者要難其人豫章起華吳侯以名進士令吾土下車之後心誌其務而思得長才淳謹者克其任首以少峰胡君上之僉報可於是叅其邑之刑曹其友人曰君少事周孔屢弗售强而就蕭曹雖游于刀筆平孝友之風篤厚之行遐邇欽儷按其生

平行無蹟步居無煩言被無華飾出無僑態蓋淳淳悶悶篤行長者也以是道性當茲事局有郊必好爲寬恕多所平反矣是役也可以見君且君昔嘗忝本邑吏曹矣値令公致齋丘公爲長政尚綜核而君每以寬簡濟之一筦庫鑰出納惟謹時有坐私辜者例當上牛皮錢而君肫肫義形于色代爲申雪竟得不寃嗟乎此其一念即

局外之事尚介介乃爾而况今者以局中人商切身事其有不勝任者乎予聞其言曰自呂刑之意既衰而治獄者尚溪鍥簿書案牘往來文移一切以慎刑椽諸凡督視催迫者亦一切以慎刑曹緩之則懼皐操之則惜德非胡君其奚勝哉聞君有兩嗣嶄嶄頭角用方績學工文君以長才當盤錯以厚德一脉留于不熄行將接武徐萬

而昌後大家其在斯耶

西墅草堂卷之二　卅五

先君逸稿跋言

先君嘗曰才德兩全者也不則寧德餘于才我　先君才德兼邵者矣　先君之德醇醇莊莊如漢如岱莫能稱述其鐫之都人心者固不朽也　先君之才四部萬軸不足方斯而筆下無一點塵茲之鐫其一耳然即一可見萬也昔詩諸子訓之曰若輩姿好不一能讀書固善不然做一積陰

德平民勝做一科元氣進士以故予兄弟善屬文者相為砥礪予性苦雕纂　命執家人產以襄兄及弟燈篝筆牀之用復不敢自棄茹蔬浣鷁庸祈寡過諸子不肖咸廪廪副　嚴命是懼伯兄鼎甫雋而　先君頓厭棄塵世嗚呼傷哉養我教我不與我事之傷哉夫德者福根才者名根維德與才孰踰　先君而壽及名竟如此也器

韋復何爲最切逃世想今加篤焉日且取
筆札記功過求無負德誨也未知能克副
否會鐫遺集故敬書之如此

次男國器百拜寅識

西墅草堂遺集目錄卷之三

文部

說

題神六秘

豎

翻

尋

抉

描

疏

作法六秘

逆

離

原

鬆

高

入

乾新居説勉諸生作

論

處身四五之間

用韓休爲社稷計

銘

研匣銘

疏

代歷陽庠友祭文昌疏

戊午應試祭神疏

送寶積寺大殿金題疏

募疏引

西菴施茶諷經疏

和州百福寺修造禪堂齋僧疏

楚僧見初募緣書金字法華經疏

淨土菴募齋僧田疏

祈雨僧搆住菴疏

西墅草堂遺集目卷之三 終

西墅草堂遺集卷之三

全椒吳　沛宗一父著

男國縉恭輯

説部

題神六秘

豎

豎者斷一是之説也聖賢立言之意有若在此又若在彼者混帳説去便無把柄我

却就中孤拈出一義極冠冕極卓越任橫說豎說不能滅倒此一說如居高唱義莫不聳若閱者雖坐陋中亦能一見稱雄

翻

翻者洗衆案之說也聖賢立言之意有可在此不妨亦在彼者依樣說去便覺嘈𡁜我却就中另闢出一義極新色極異味任前說後說不能雷同此一說如堂宇重開

莫不希訝閱者雖出庸中亦能一見稱異

尋

尋者求言前之說也聖賢立言之意有若在此實不在此者執板說去便失本領我却細思此段話說因從何起必有原始獨將此意一眼認定再不迷亂至題之形勢不必一一布設如覓龍得祖峰嶂皆歸我用閱者雖坐慣中亦能一見稱悟

抉

抉者逗言下之說也聖賢立言之意有若在此實不會露出于此者膚皮說去便隔關竅我郤細參此段話說着從何歸必有結局獨將此意一口喝破再不糊塗至題之聲容不必一一摹擬如入暗得燈耳目皆有光明閱者雖坐暗中亦能一見稱爽

描

描者善爲題趣而婉折以出之之說也聖賢立言之意有隨出一語須待後人發抒者直頭說去便没意味我却盡態極變工百術以窮之俾題中委曲深情躍躍活現如寫容得神天性畢肖閲者雖坐悶中亦能一見稱快

跣

跣者善劃題藴而排宕以出之之說也聖

賢立言之意有渾說一語須待後人辨晰者囫圇說去便没條理我却分塗别目設數項以解之俾題中夾雜衆說井井詳列如解棼得緒毫末畢清閲者雖坐冗中亦能一見稱㨗

作法六秘

逆

逆者順之反也凡人作文平平取勢便無

奇觀異狀令人悚怖無他順而已山以逆者貴文以逆者奇其法不一可以總用一逆可以先逆後順可以忽順忽逆理有輕重以重舉上意有緩急以急呼前總之步步求險節節求艱欲擊先伏欲起先蟄前輩作者有不循本題位武純以倒法單法側法成一家者是也置之儔中突兀陟峭逈非常徑閱者自將色慄

離

離者合之反也凡人作文叨叨説着便無遠神曠致令人玄穆無他合而已人能離則僊文能離則逸其法不一可以通篇全離可以先離後合先合後離可以離合互用或離題形自作一形或離題意自作一意總之對照而明反觀而白將近故遠將執故放前輩作者有不泥本題口吻獨以

已意行文說此但說彼者是也置之儔中渺窈浩忽絕無近調閱者自將神遠

原

原者原其故而斷之也凡人作文鋪張題面便如添字講章不見裁割無他一于演而已不知文有體勢貴博又貴要博者見吾之才要者見吾之識其法不一大抵扼一主意可以先立後斷可以隨立隨斷篇

中用斷則氣能截股中用斷則響能堅前輩作者以我辨題不從題辨以我制題不爲題制是也置之儔中人誠我了如片言决獄閱者自將心折

鬆

鬆者鬆其勢而迂之也凡人作文拍定題氣便如煞讀死書不見靈動無他一于緊而已不知文有風韻貴束又貴活束者成

吾之體活者成吾之趣其法不一大抵放開思緒可以徐徐漸入可以落落遠取不外正解却不沾正解不違本意却不犯本意前輩作者客言多于正言瀋言多于切言是也置之儔中人忙我閒如拈花微笑閱者自將意冷

高

高者過乎人之謂也凡人作文千家一律

便如矮人觀塲不能出一頭地無他一于平而已文家有品第一人言之百人遜之則高乎百人矣一人言之千萬人遜之則高乎千萬人矣其法不一可以我識見高可以我格見高大抵如立千仞之上視人所能言者皆賤視人所能知者皆鄙遜而後出不驚不休前輩作者有創一藝便前無古人後無來者是也置之儔中爲大文

爲絶調閱者自將膽破

入

入者深乎人之謂也凡人作好文走輕熟便是家常茶飯不能久供咀嚼無他一于浮而已文家有三昧人及其膚毛我及其骨則及骨者深矣人及其骨我及其髓則及髓者又深矣其法不一可以一入一出可以層入後出大抵如遊深道之洞進一

綴又有一綴轉一曲又有一曲窮而後工不盡不止前輩作者有造一二語令人作數日思且以爲可補經傳者是也置之儔中爲輿書爲秘笈閲者自將思永

縉不肖一再罹放譸乖顛近已又自眩汗其寐耶其未弗耶其溺于他耶又自或捧喝　先爽不遠遠之卒底弗類入山枕石夜半松聲有唔唔呼歸盥啓篋

伸引我入闈言洸貌堂墨瀋云爾哉天
氣所揖感心入微記闈前一夕 先奭
呲立日技詛甚嗟嗟予偕伯季同役知
工其拙不知通其濫而射分若此予何
言濫也通拙也工通也濫工也拙玉白
市滿白金赤市滿赤人日食見異香飵
鮮不詑化石人日衣見牖蠶籐藁寧却
而凍是白玉赤金也不斯琢斯冶烏乎

匠憂牙鋸舌攻一家譬如張弓非平世

法效將之　國家愲然者去傲然者亦

去　我師豈欺輭入盇夷苟袲蕪其編

淵徹雲閉神將遇之十二字固炳炳也

甲申春半中男國縉拜識

論部

處身四五之間

士君子立身函蓋之內其何所取則乎論
人者提衡當世之林其何所取衷乎立身
者不能勉爲一流人而謭焉自處于中下
則其品不尊論人者不實見爲何如人而
漫焉肆雌黄遑月旦則其品人者不當故
夫當世之末流而有一人焉周旋其間迹

近于沉浮而尚論者處其地論其世政未
可過爲低昻也何以明其然也吳士薛瑩
咸擬爲第一而陸喜許之曰處身四五之
閒嗟嗟是則然矣要未可一二槩也且喜
之所稱以爲難者何如乎曰沉默其體潛
而弗耀者一也辭尊居卑祿以代耕者二
也至于侃然體國不懼執政者次之隨時
斟酌時有徵益溫恭愼終不爲謟首者又

次之獨不思士者任天下之事而濟天下之事者也天生君子豈使自有餘而况士人一身未以質委則隨所自處可耳一以身許國則身非巳之身而國之身矣安得擇自便之地而處之也非不曰得時則駕不得時則蓬累而行有道則見無道則隱而士生斯世惟以之一身毫無益于世處身之謂何是故不爲犧雞自斷其尾身則

全矣何如補天浴日之見吾才也不入廟
門何取衣繡迹則晦矣何如掀天揭地之
章吾伐也曳尾泥中逍遥自得巳則逸矣
何如轉危爲安之足顯爲妙用也且非獨
此也食人食者憂人之憂乘人車者載人
之難係士于吳其不得秦越吳也明矣而
况孫皓之時何時乎江南半壁危如壘卵
紫髯再餘氣殆若懸纆外有强隣内有昏主

荒淫之習日甚鑿面刔目之刑日恣爲吳之士者正宜捐軀許國委身事君而安得介介乎以高尚吏隱之士爲尊而以殉國任事之臣爲不足重也視君之危而不扶則恝視民之溺而不拯則惡安所取于無益緩急之士而尊稱之然則論士于吳論吳于季世公忠體國不畏彊禦者上也而斟酌時宜時有微益者既非無補于時溫

恭慎終不爲諂首者又非從主于昏抑其次矣所慮者薛瑩于斯二者未必有當焉于斯二者合而參何以四五之間置瑩乎易曰王臣蹇蹇匪躬之故夫不以蹇蹇屬之躬而屬之于王則其處身者何如也詩亦有言凡百君子各敬爾身夫不以自寬爲敬而以朝于夙夜爲敬則其處身又何如也甯武子之仕衛也邦無道則愚孔子

曰愚不可及然則可及者難乎不可及者難乎此非貢諛于瑩也且國家無事亦士競功名之會而一當有道反早任事之臣其何以勵士也兩晉之士以宅心事外爲高以曠達清談爲賢東山高望以養望徵辟屢辭以邀名其後虛無陸沉摧風敗俗所關不小矣未必非此論爲之祟也安以四五之間處薛也嗟嗟與吳鼎立者蜀也

蜀有一士集衆思廣忠益鞠躬盡瘁死而後已此其處身何如雖不敢謂三代一人而三國之士一人而已

用韓休爲社稷計

人君之於直臣莫患乎名用之而實不用夫用不用惟兩途耳用之則爲杗爲楝不用則爲具器用之則如石投水不用則如水投石當其用之也謂非爲計安社稷不可而當其不用也謂惟以自便其身亦可然用與不用非兩事也亦非兩時也當其陳謨則諒其忠揆事則然其信兩相向慕

之中而不勝畏憚不勝齟齬之私已伏于共事之時而不覺眞情之畢見何以明其然也於唐之玄宗知之玄之用韓休也曰相韓休殊瘦帝曰貌瘦天下肥又曰朕用韓休爲社稷計非爲身也夫人君無所謂貌天下而已矣亦無所謂身社稷是也帝既以天下與貌而二之身與社稷而二之已非家天下人邦國之義且用賢而奚以

瘦也從古賡歌喜起之朝君臣上下如家人父子德業兼隆形神並暢用賢而奚以瘦也惟漢之宣帝用子孟驂乘如芒刺在背後用少翁而安之雖休之才品遠過居寵利者乎亦以見世主之憚方正與憚威權者埒也如曰古有焦心勞身以愁天下者帝豈瘠其身以圖社稷乎則試問唐之社稷何如開元時之社稷又何如一搖于

太白經天矣再斲于牝氏司晨矣三汚于
斜封墨勅矣而開元雖盛然豐則致蠱豫
則基變驕之萌矣侈之兆矣南詔之伏矣
社稷之釁種種伏于此時帝誠能一一向
休請長計乎或謂休之立朝不久旋踵而
亡一以見休之未究于用一以見帝之未
能大用乎休然而自休而外如宋如姚皆
休匹也爲一佞倖之毛仲而屈致乎璟有

一九齡而遠之曲江其他可知已則休又
可知已然則所謂用休者不過名用之而
實不用也名用之則雖以峭直如休不得
不和顔受之而實不用之也則雖改容禮
之而其中有大不安者矣漢之武帝謂汲
長孺曰招之不來麾之不去可爲社稷臣
而乃踈之淮陽是武之有憚于長孺名尊
之而實踈之也不然誠知其有禆于社稷

乃與公孫枝卜輩相膠漆哉故有名美而
實疎之前之武後之玄是也雖然一社稷
耳用韓休輩則爲開元用楊李輩則爲天
寶故人君爲社稷計名用賢猶勝于明棄
賢也

說

乾新居説 勉諸生作

古歷陽爲闕乾重地歲在甲子取更新之義故曰乾新也乃其説不盡于是易曰乾爲天天行健而歲功日新是知乾有强義强斯作作斯新新無窮推之舉業何莫不然非乾無新也審矣然乾曰朝夕惕若敬之敬之又竦亦之貴無放思故無蒙思故

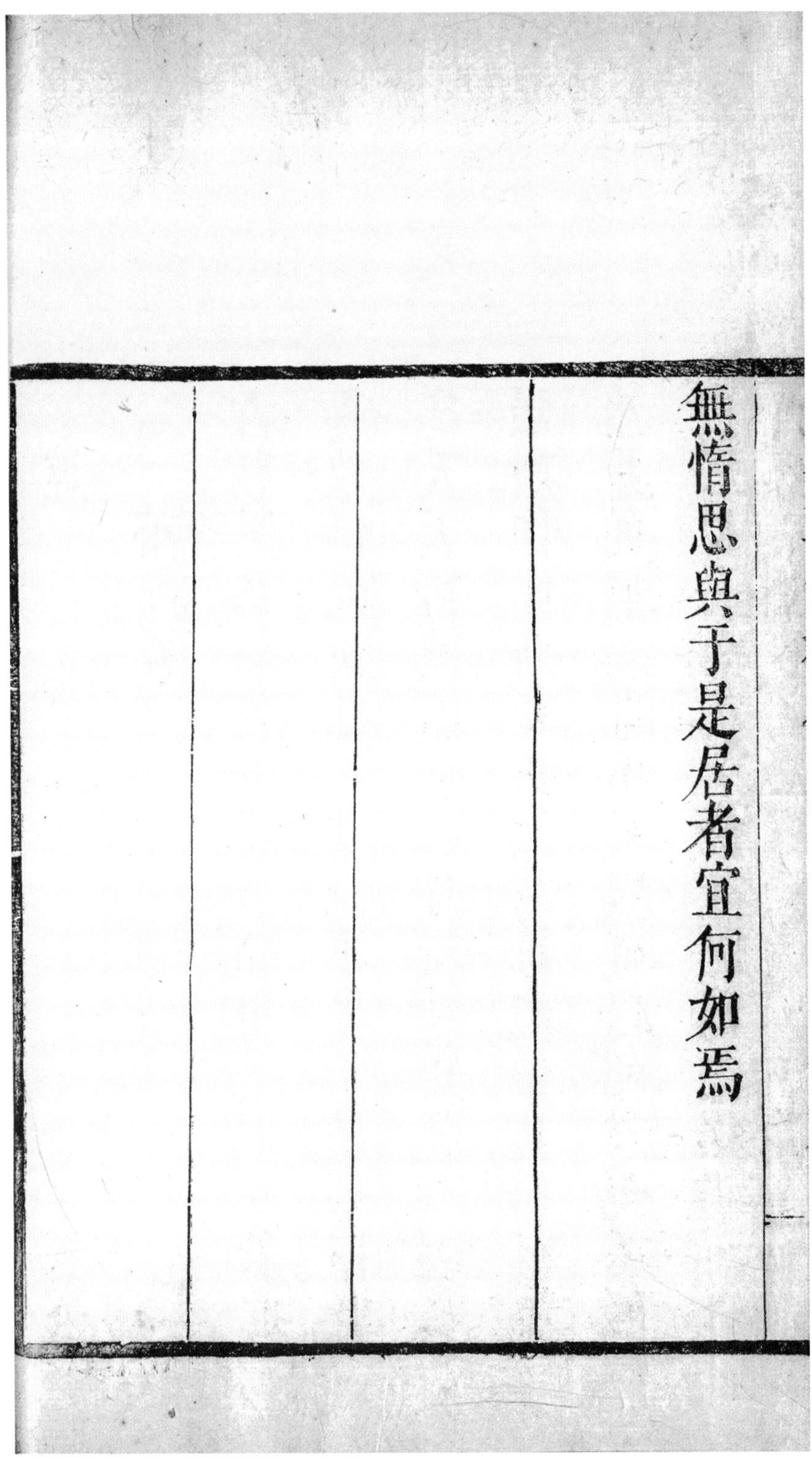

無情思與于是居者宜何如焉

銘

研匣銘

靜爲體也有以襲其體敬内也鈍爲用也有以久其用直外也有闔也有闢也靜中動也時闔也時闢也鈍能利也卷而懷之舍則藏也出而試之用則行也君子曰類是情也可以尊生可以養心可以觀理可以涉世吾有動于爾故聊爲之銘

疏

代歷陽庠友祭文昌疏

某等謹秉丹忱共攄赤意爇香燃燭酌水獻花昭告于九天開化司祿文昌梓潼帝君聖前曰恭惟　帝君代天弘化協帝彰癉濬哲無疆不枉人者十有七世衡杓有王司祿籍者於萬斯年勤垂訓以醒迷令率土灑然易慮廸多士而惜字俾學人精

白承休佳胤錫麒麟閥閱獲多男之慶巍
科登龍虎風雲濟聯雋之榮偉矣神功既
無遠之弗届巍然盛德亦有感之必通言
念某等念切承前志叨向上荷箕裘之托
毎思燕翼之圖效詩禮之功未遂雄飛之
願第虞凉脆全仗匡扶兼慮乖違敬期申
命是以九人因事五體投誠洗滌身心芹
曝俯攄于積念披瀝肝膽血忱上達于真

聰華筵載啓敢云殫水陸之珍奇勝會當

開聊以盡涓涯之祈報伏願洋洋來格赫赫

赫有臨鑒兹懇到之微衷錫以弘敷之大

德蘭芽蕙茁琳琳階砌長新標桂馥桃香

濟濟上林誇得意

戊午應試祭神疏

竊惟清寧位奠非英喆孰與彌綸光嶽氣鍾惟　神聖廼能培植故地靈始爲人傑非陰騭敢望明揚尸祝嘗尊錫慶隆一方之氣運閎居特重發祥輿百代之人文仰惟明神職代天工靈襄大造歲陳考覈作帝庭耳目之司世掌監臨係人世身命之主建侯守土保障重于皇家福善禍淫彰

庳佐乎明法闍四境之黍麻雞犬賴覆庇以俱寧邇歷世之桃李鼓龍叨匡扶而競爽前當卯歲惠徵鵲起賢書預識丁年益懋蟬聯科第茲者歲逢戊午照臨重離文明之運正隆扶植之靈較捷敢祈神功默施于啓牖三場得意人人頭點朱衣大化顯相于縱橫兩苑馳聲濟濟臚傳黃甲曰造士曰俊士曰進士咸快覩乎風雲爲霖

雨爲舟楫爲鹽梅一增光于帶礪

送寶積寺大殿金題疏

金天高照普垂萬象之能仁寶月懸華遍徹九幽之深閟是以人天頂禮各攄供養之心半滿布施曲盡表崇之譽言念某者鼎新修建已分助乎囊金離煥標儀欲創成夫顏額緣以連祲未遂加以事鉅匪輕今幸值夫豐登謹共完斯勝事命工如制令匠善爲緑地開霞映飛甍畫棟而並彩

金章照日聯青蓮紫炬而生輝由是特卜
仲秋涓取吉旦虔備信香明燭彩仗多儀
恭奉殿前永爲張列高懸通碧落庶仰鑒
于慈雲弘著表丹衷亦俯叩于法澍伏冀
慈靡不周法一切攝過去者愿銷註簿早
生鷟鸑之宮未來者瑞接庭階並毓麒麟
之種年年登八蜡世慶春臺士士躡三垣
人書秋塔

募疏引

西菴施茶諷經疏

瓊漿濟衆微玉種于藍田寶筏渡人布金沙于赤縣是以因之於果如響應聲受之視施猶穫以種事昭列昔報覺到今苟有利益人天莫不勉收終始茲惟程市亦號輿區水陸交衢通五方之茀葢舟車并至萃八宇之珠襦時當赤帝颷權界在紅塵

瀟灑匪施利濟何令渴消比丘某早習慈悲深知眞實菴堂鼎搆茶液涣施不必大宛葡萄已灑紫岩楊椰勸信善共成半果必回向于佛天賴檀越再贊圓成如益登乎聖塔鳩孱濟侶課誦最上之文狐聚能仁蕆播甚深之秘伏望雲興善檵大捐久積貫陳霆破慳城樂助不堅金帛着這禪和子了茲一片熱腸佇見衆道人彈指無

方受用

和州百福寺修造禪堂齋僧疏

證佛者必緣心得佛出家者賴到處爲家故接衆法門實資聖利事非曇種夙植徒嗟禪室深深課欲貝葉新翻須仗香廚苾苾茲惟歷陽故郡百福名區爲朔炎相集之衝多凡聖交叅之侶華筵曩缺梵譯誰叅法食久停閣鍾莫具以故雲緇踵至未聞汗發曹溪水笠偕來難免篪吹吳市有

大檀越與諸宰官體身前有身處世中濟
世金碧鼎新瓢裳萃聚豐干登上座叅學
人甫知繫衣有珠天女散花厨禪和子豈
效沿門持鉢依稀久斷海潮音護持莫墜
徒倚莫延雲水客飄泊堪憐大闡宗風低
頭皆聞善智識重來好願遊脚亦念衆菩
薩敢冀鳩僝愈崇象敎不牢一切破有善
萬法爲木伐南山幸徹厓翁千金谷泉流

北海惠沐賈主於珠舟同起恭敬心大發歡喜願不望翟朱華翠莊嚴高出兜天無使爨玉炊珠厭飫饎同法露將擊石雨花人人咸登不退地且開盂折梛世世永食玉田漿

楚僧見初募緣書金字法華經疏

瓊華發藻大千迸露楞嚴貝葉翻靈一切普登大覺故三乘大法今曩皈依而半字真詮人天頂禮欲勤攝授不憚抄謄雖大地當文洋瀾當池無如難盡此中理惟析骨爲筆瀝血爲墨是則名爲報佛恩弟褻累匪緊一片而鼎鎰必資衆金有楚中僧號見初者慧根夙植意蕋時開教領西來

每爲衆人持說法成東土業將畢世奉行謂滿藏雄文均是無生上諦而法華香偈尤爲有漏超乘奇裡鏤奇相外設相帙分纔七卷卷度世眞符字記數千言言牖人奧義念妙口傳宣須什襲如玉簡旣虔心謄繕必重用以金泥爰持短疏徧謁大檀伏望發方便心生歡喜念或金錢或米粟件件皆緣以松汁以管城頭頭是道寧敢

謂銀爲鈎鐵爲畫筆下走蛟螭但願得披

以李報以瓊榜上登龍虎

淨土菴募齋僧田疏

奉佛者卽心是佛出家者到處爲家佛旣在心當使慈悲之在念家無來處須問衣米之來頭此齋僧者稱無漏之因乎乃接衆人苦難繼之力矣南譙巖邑介在江淮淨土叢秋衝當南朔行募如壽懇見如來二六課焚已香燈之常續絲毫捐竭亦它已之不殊故水衲雲瓢無不穰穰而至乃

金錢玉粲那得源源而來思儲源于不涸之倉豈冀貲于不耕之穫菴鄰鄭氏旁有閒田半售半施幽就此中好事多黍多稌廣資若者在人第一時價實不敷惟萬望妙行其德思裒成純雪豈但取于一狐郎臺就千雲抑所累于衆雉誰是龎居士先捐平布地金沙敢告愍道人隨給乎盎區玉袷爰持短疏遍叩大檀伏願生歡喜心

打破慳城種種作圓滿願傾開寶藏如如
積少成多與人爲善着幾禪和子實地修
持令彼倘來人如常受用人天雙利僧俗
兼資將見修德動天好施食報植福果于
三生籌上産緒綿長載心花于八識田中
名同遠達

祈雨僧搆住菴疏

妙術演金仙呪鉢則蓮花出水空堂揮玉
麈講經則山石點頭維虛靈超悟于上乘
故品物皈依于聖道曾傳杯渡更羡錫飛
茲爾報恩寺僧某般若身心如來性識楞
嚴相伴透三車之奧義頓入精微魔障不
生契五蘊之眞機永離執着一瓢明月半
榻白雲浴慧日以照昏衢直解衆生煩惱

張慈帆以航苦海普施四大神通邇者本縣屢有旱魃之災緊我椒民共啓舞雩之禱獲本僧之妙偈致甘雨之來蘇屏翳蔽空百姓慰雲霓之望滂沱連陌四郊免蜥蜴之呼禹甸無憂寧知多黍多稌宋苗不閔奚啻而玉而珠雖彼蒼不棄吾民功德當歸于造物而大塊仰賴天澤感格亦資于慈尊茲賜片言用彰善念爾其宏宣象

教大振禪風了相歸空徑證無生之果即
心作佛益開不二之門廣作法緣同登覺
岸

西墅草堂遺集目錄卷之四

文部

碑記

全椒胡學博懷遠先生去思碑記

仰劉橋碑記

傳

阜陵孫隱君小溪傳并贊

晏理齋傳

書

賀約正接受不孝呈嗣書

與范學博老師

與鞠東華

啓

請邑侯蔡公啓 代見鼎

雜著

纂括歌句

易卦

六十四卦次第歌

六十四卦定位分宫歌

六十四分月數

脉絡

左右手脉定位歌

手足陰陽分屬歌

手足陰陽十二經臟腑傳送歌

題聯

除夕題門二
西墅草堂
書齋
上元二
泉水寺請藏聯二
百福寺聯
歷陽春日病中題書窻

終

西墅草堂遺集卷之四

全椒吳　沛宗一父著

男國對恭輯

文部

碑記

全椒胡學博懷遠先生去思碑記

學博胡先生之署學篆者歷五載餘茲當

計偕之期驪歌在道應題在邇去有日矣

諸生戀不能釋勒石志思而乞言于余余謂父母孔邇名伯甘棠施于有政徵于庶民師也垂思士也志思此足稱奇覯矣昔陽城刺道州都人士伏闕涕留今諸生豈志伏　闕哉留之無從而思思且與石俱永也誰謂古今人不相及也乃諸生所以思先生者何故之以曰思先生範氊冷苜淡先生處之怡然也檢軼雅飭端坐高談

士必修容滌躬而後敢見稍有越軼未加誚讓先自忸顏夫範立故信信故思曰思先生誨先生謂擁皐約束惟行誼是修屛氛斜一心志篤乃在學今諸生彬彬然文行哉卯午連翩伊誰之功夫誨行故畏畏故思曰思先生惠先生恬于道德淡于聲利贅牖束修寘不問也而議賑議助貧窶藉以起色夫惠渥故愛愛故思噫嘻果爾

而父師奉也直以父師臨之義方顧復不啻也六年于懷滿腔孺慕孔邇之歌何必不興于膠庠甘棠之咏何能遽讓于師帥哉夫諸生之事先生有月矣而余不佞承之茲土始獲事先生覩其貌玉立而余形爲穢聆其言高論而余談爲常陳利病商因革外未嘗旁及一事而諸生之言範徵余課士藝先生憑軾余寓目余第士文先

生揚榷余署等余修學宮竪講堂先生懲
湎晝議余事竟成不至築舍之揺而諸生
之言誨徵歲大祲先生捐俸貣士併賚及
于民而諸生之言惠徵凡百諮諏余禀而
行藉以無隕譬諸舵于河問長年而先生
余之長年也先生去而余將懵懵焉思何
獨諸生雖然毋以思爲也先生掇巍科起
家于滇皇路康莊任所馳驟而氈席恰息

此日奮飛不亦發軔伊始而溯畱亦虛願
也乎今且脂秣南征翱翔霄漢矣彼其及
談天下利病若指掌對　大廷列交戟以
盡抒胸中之蘊自纚纚適用而要以陶鑄
寰宇爲先諸生其能私有乎先生况德化
滲漉總在範圍極目瞻斗翹首沐波是先
生固未嘗去君也無以思爲也乃諸生思
若不可解者而余無能爲諸生之卹又安

能解諸生之思

記

仰劉橋碑記

官壩橋距縣西里六十許葦横木而杠雨漲輒圯毀民病涉有溺顛者歲癸卯里人族謀易之石業有緒而會扼于不逞之徒以止民病涉豫章劉侯蒞吾椒之明年爬搔洵沫民以太龢折節諮諏百廢具飭士民乃白橋狀侯愀然曰兹余責弗可逭也

已首捐鍰若干金庀材鳩工役寘中格者于理親儌向義者俾響應祇感侯誼羣嬉而趍富者貲貧者力鏹不帑費工不農病丁丁登登不日而就經始于乙巳某月竣于丙午某月高若干丈濶若干丈計費若干金曩曩褰衣障泥今馬並軌車方轂矣祇不病涉矣既成里士夫父老易其名曰仰劉橋乞余記余逆讀國語王使單子聘于

楚過陳火覿道茀澤不陂川不梁歸而語王謂有咎不則亡而子產秉輿濟溱洧孟氏譏其不知政溺民病瘵用民亦病先王之制辰角見除道天根見成梁母隕而場功以急春禍故曰不用財賄廣施德于天下世而衰也有司率郵驛官旦夕鼓徒釋負去其于澤衡之政以為民細故闇不講矣侯一聞奏記慨然為閭左倡撤木而石

山峙虹蜒萬世永賴蓋嘗鏡之往事白公名渠鄧伯名湖蘇軾于西湖陳堯佐于滑州皆因而名之彼亡異故以能爲民貽永利故畏壘之尸奚覩于庚桑子顧尸而祝之社而稷之爲能燠休我也茲橋成奚不爾爾侯政不區區橋梁一事而免淪溺經久遠未必非侯力祀典有利於民則祀之民不病涉題曰仰劉志之也侯名是字去

非南昌人辛丑進士令椒有惠政祇特祠

余不具述述橋始末云

文部

傳

皐陵孫隱君小溪傳并贊

隱君諱某字某別號小溪吾皐陵著姓也國初令甲地著公直不阿撓者得署爲編戸正隱君先人與焉世有潛德傳至隱君不衰隱君少習舉子業從里中卓望山人遊下帷折節思得一當久之弗售浩然曰

丈夫當豎勛名垂竹帛奈大力者何携卷
長達嗣其世業然時時與人曰某不做兒
子輩必做也事翁暨碩人殫志儀以能子
稱翁寢疾祝天代不獲執翁喪哀毀如禮
奉碩人居婺時倍曩時悃款畢生如一日
也居碩人喪如翁狀伯仲四人隱君序三
卬敬順友怡怡如伯淮風處族屬無疏戚
長幼情聯而恭交戚執里閈藹然如春開

誠任樸凡炎氷于中吞吐干吻而叢隟隙無有也阜陵戸正卒挾其力可制物以獪計濟之用其恫愒漁所轄雞犬逋略盡公不一事此阜陵豪右勉出餘糈營什一收子母息蚕食下戸弗得則以勢逮隱君亦漫不之及里人以所詒産粥于隱君證佐無它也粥者弗類以逋閩人責亡出謬言所粥産故質閩人者而誣之理受理刺史

隱君心知其謬也難于閫人所丐諸貴人剌陽威懾之中解以明語隱君不較弟徐曰是其貧無抵可畀亦可矜也復與其直半前直阜陵故植業家率謀減直而粥者苟且一切僥取償于質成殊纍纍隱君自斃家政膏腴手墾勻勻罔所傷用是道也性好施困厄不獲濟者不吝引手之里中起津梁必捐鏹塗墍大雄氏居爲人持說

出貲增所未有尤雅嗜學其仲兄早逝遺
孤某隱君嘗勸其卒業曰終不令以先人
場而落厥事阜陵補博士員者費稱鉅從
子某費當第一隱君佐之無少恡即再從
子猶爾也再從子某復當費如從子隱君
一日袖數金至其處從容出之無德色人
亦無知者葢其性樂觀詩禮尤篤于義哉
舉丈夫二長曰某少有頭角弗睠也遠遺

就外傳給甚膩某亦領公指攻苦不少休說者謂爲閉戶映雪後身得補博士員擬遠到而竟以苦早折惜矣次日某駸駸爲血駒亦弗驪遣就外傳所給如曩時將見其有成而公以不疾卒得年七十卒之日中外訝而惜久之而無不仰慕

贊曰余讀漢書觀所謂王彥方蓋一布衣也平心率物篤行化俗隱君子之風類然

隱君其若儔乎世衰詖徵所艷道者咸學士大夫不即貴介勢爍無一言及潛德幽光失衡甚矣嗚呼失衡寧獨一隱君列傳哉

晏理齋傳

往耿楚侗先生督學南畿因倡道東南一時從之遊者若白下焦子弱侯居巢孫子竹墟暨含山晏子理齋皆其高足云于時大江南北執經術相難者皆虛往實歸而理齋尤多所得竹墟故善形家言理齋遂以故得與聞之憫世之棄親于壑多所矯止葢緒餘耳居無何楚侗先生弟叔臺先

生詰戎南畿復表章乃兄舊緒益思與南
中諸聞人夙締孔李之好者左提右挈狎
主齊盟而顧舊碩無恙者唯弱侯理齋二
三人而已弱侯以宦成重望簡出會客而
理齋愈益大進較前得之楚侗先生者覺
有會心加以竹墟亡去以故和含諸境知
理齋之深者宗理學家言而知其識者僅
以爲形家人而已嗟乎古之人抱長才碩

蘊不得志而隱于湖海者何可勝窮第未
有得當耳歲丁巳余以年禩過含境因拜
社友李仁所家仁所肅客款余維時孝廉
蔣孚初文學周思大諸英彥咸與最後理
齋始至至則髮皤然而眸星然望之若僊
人地上行也余以老瞳兼之久别一時未
諗何許人及詢而知嗟乎數年皆老矣因
道及楚侗叔臺竹墟諸先生事甚悉予與

相論議者久之已而夜酒既罷孚初諸君子與予對榻而詢及鄉中父老盛德若古陳太丘王彦方輩葢指不多屈云云莫如理齋者矣戊午春仁所從子萬卷茂材從予游因話及理齋事萬卷曰卷舅氏也先生得其大略耳卷爲童子時時知其細行且熟咸云今人中古人不可無言予因著其梗槩如此

書

賀約正接受不孝呈詞書

連旬不晤閒少違和知弗藥有喜也但以未及問候爲歉又聞里中有呈不孝於足下者不知有無何如果有之則足下深有可賀者矣夫五刑之屬三千而罪莫大于不孝毆母之皐埒于拒父而賊父之辟同于弑君人而有此人倫爲異類矣鄉而有

此中地為殊域矣為約正者方惴惴以不
克嘿化而潛移之之為愧何賀之有說者
曰昔而人固家溫而貲厚者也先以法言
恐愒于前而徐以甘言調停于後彼旣服
其辜而復銜其惠於重猾豈有愛焉說者
又曰非也約正者正乎一鄉者也子率以
正孰敢不正鄉有逆母之子奚其正惟是
正言曲諭貳而服之一而舍之用以安人

子之毋而成人毋之子於約正之責塞耳予曰咸不然由前言之鄙而不足存矣由後之言似矣而未得足下之心者也夫足下之心何心哉足下之子足下居嘗所爲云者也已乃鳴之于族鳴之于親于執而時無處公斷直之人每以爲恨屢道及之而或見于他事舊冬在郡城閭里中有呈黑天事足下急欲得而治之事雖不及而

後以爲失事機今幸而有此所謂事同類病同憐者矣吾意足下必明目張膽仗義執言明人之大倫章國之律令寘此逆子于法以曉一鄉之爲人子者莫不夔夔齋栗循循守禮因以使足下之子悔于厥心曰母之不可毆也如是毆母之必罹于網也又如是其不改絃易轍者非情矣且以使族人親執輩曰處之公也如此斷之直

也乃在此此亦莫不知所以化民正俗而爲
人謀矣此則成人子之孝而因以成已子
之孝表已之公直能處斷而還以纚一鄉
之不公不直不能處斷者舉平昔所冀望
而不可得抱疚而不獲伸者一旦渙然氷
釋歡然無間豈非吉祥善事哉昔周公欲
抗世子法于成王而日撻伯禽曰君不可
以法加借已子以悟之足下欲正已子而

悼于傷恩借人子以悟之不尤愈乎是則所以爲可賀也若夫甜言軟語良醞豐殺煦煦然若媒妁之聯二姓而冀得無黃泉不相見之事曰融融洩洩母子如初必其無病病相同者也不然則其漫無可否者也又不然則其親暱不可以直道者也足下必不出此至于借義潤囊飫物尤非所望于足下僕非饒舌也忝在葭莩之末而

目擊足下之事不知所謂公直而處斷之
毋用爲愧屬有此舉深幸足下成子之有
機故因以致賀易曰嗃嗃終吉足下其實
圖利之

與范學博老師

某以孤寒得蒙賞鑒大開獎借感也何如後徼恩庇濫與升斗此固造就鴻衍而某不自揣以爲可借資肄業益大淬礪不負作養至意遽遭折足之凶命也如此夫復何言亦嘗自以大力者負而趨有志者事竟成勉爲排遣恐過鬱抑有所損折孤尊師屬望獨念士人求名得即得耳未遽失

也即求之不得亦無益已矣無大損也孰有得而旋失無益而反損如某者乎計自立春得補以來文錢釐鏐咸出借貸加以邀會厚顏欵語百計始得就先抵白下復至泗上間關跋踄固自甘之亦以為勞費月前取償于後耳而事廼有大謬不然者費未償而裁革至勞未謝而百日瘉積公則有補帑之無償私則有還債之無出外則

有催索之艱內則有號寒之苦兼以肯春涉夏霖雨爲災柴桂米珠魚幾生釜嗟乎豈緊匪人何辜于天人生以不能進取已矣乃更因而重罹此咎耶嗟夫人非木石能堪對此是以吾忽忽如有所失出不知所往雖不敢效書空之事而抑鬱誰語腸日九廻春抱一痾嘔赤縷縷幾不食新後以戚執勸勉賴尊師福庇少得痊可始稍

稍就盥櫛親筆研獨無柰此時之索債收
會者坐迫何矣素荷尊師肉骨慨許提拔
溺者望拯非仁人將誰望哉倘得曲賜矜
憫是成我者且與生我者等也感且不朽
具得有詩律以盡稱報臨楮嗚嗚如訴如
慕

與鞠東華

不奉星標倏易裘葛每起眺天門恍片帆日邊來者我丈翩翩者神耶僕舊有同筆研數人因以家居應冗恐妨肄業因而稍稍謝去之正岑寂適啓瑤函捧誦既獲聆心復叨餽尸非厚存遠及何以有此即擬趨侍乃一以家務未及處分一以慮令弟行長才偉器自分非劣未識能堪乎否幸

再示敎命隨登龍晉謁矣臨楮翹企不一

啓

請邑侯蔡公啓 代兒鼎

伏以化雨天敷蕚叢蔵植桃李薰風野扇香冉旬襲蓬茅悋戴鴻呼歡形爵躍恭惟老父母台臺渤海世家彭湖偉望道燈抉汲室之秘元定後身功繩浴帝閣之光端明嫡泒琴臺小試從五袴騰歌金鏡高懸看千英集治自劉公子以降史筆莫先有

皁陵封而還壘神恐後玉璽來日邊循吏
已名殿上錦帆遷宿內列侯貯箇屏間某
穀落檀園璞隱荆石轂推甕牖之中振鍪
南國彀入銀榜之末溷竽前茅在鉛刀難
試全牛乃銅符先介半虎縹筐榮頟拜皁
襖而神呼芙幞遥臨想衮帷而夢怍談轉
玉麈酌泛金螺匪特柜戶甓町六依龍友
抑且車旌歷轆一尉鷄羣

纂括歌句

易卦

六十四卦次第歌

乾坤屯蒙需訟師比小畜履泰否同人

大有謙豫隨蠱臨觀噬賁剝復無妄大畜

頥大過坎離咸恒遯壯晉夷家睽蹇解

損益夬姤萃升困井革鼎震艮漸妹豐旅

巽兑渙節孚并小過旣濟與未濟六十四

卦次第整

六十四卦定位分宮歌

乾宮垢遯否相連觀剝晉與大有粘坎內
節屯和旣濟革豐明夷師卽兼艮裏賁加
大畜損睽履中孚漸在焉震中豫解恆爲
定升井大過隨與傳巽府小畜家人益無
妄噬嗑頤蠱添離位旅鼎又未濟蒙渙訟
與同人延坤處復臨泰之上大壯需夬比

之前兌門困萃咸成象蹇謙小過歸妹全
有能牗記歌一首可識先天與後天

六十四分月歌

正月大有咸既濟恒泰同人蠱漸是二月
大壯晉無妄大小過革訟睽繼三月井夬
渙履焉四月艮離乾巽矣五月旅困豫姤
逢六月家人遯屯萃七月歸妹損比隨師
比否益與未濟八月井蒙蹇明夷中孚雷

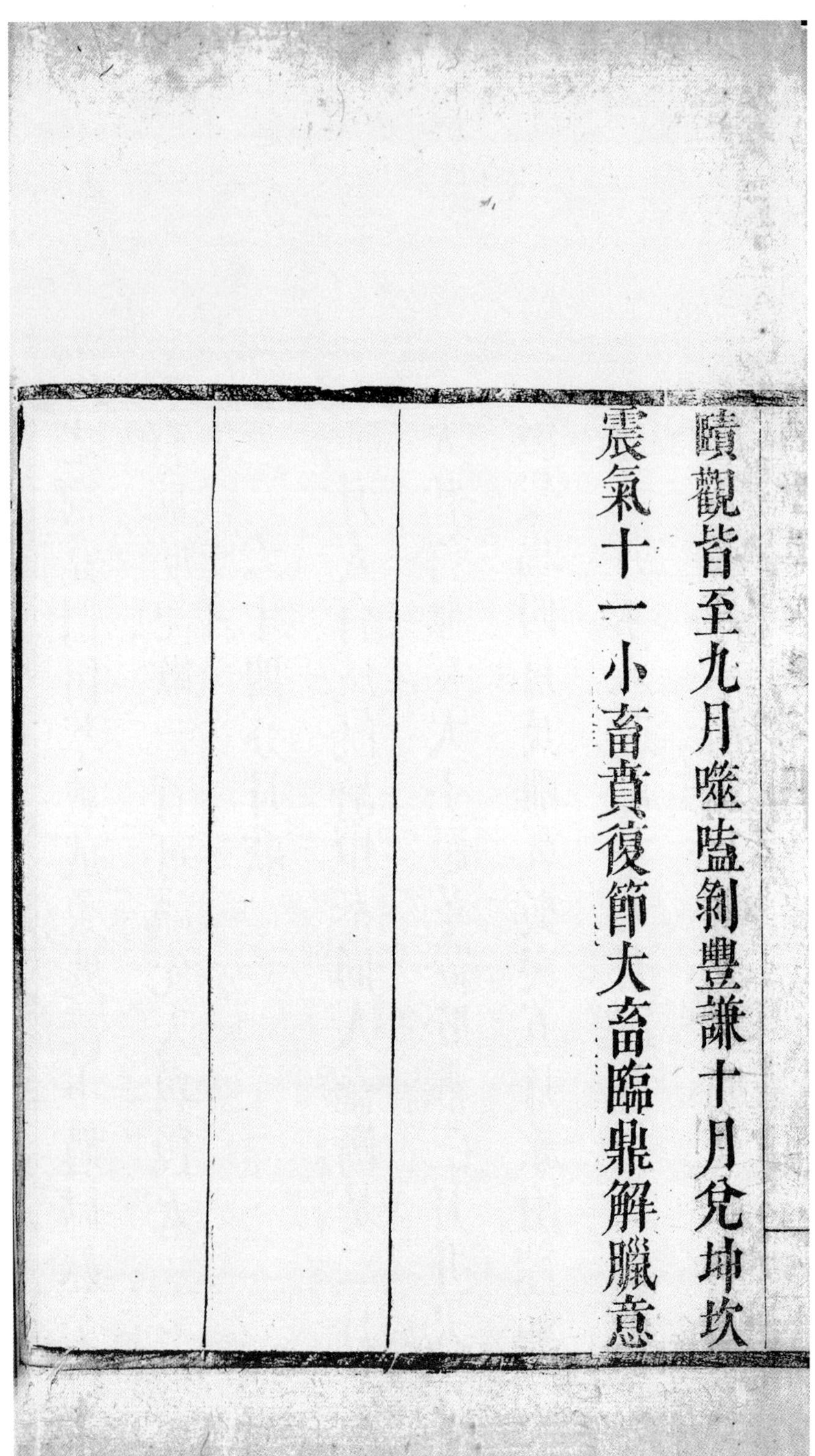

噴觀皆至九月噬嗑剝豐謙十月兌坤坎

震氣十一小畜賁復節大畜臨鼎解𦢊意

脉絡

左右手脉定位歌

左心小腸肝膽腎膀胱右肺大腸脾胃命

三焦

手足陰陽分屬歌

肺經心經包絡行手太少陰與厥陰小腸

三焦大腸臨手太少陰與陽明脾腎肝經

俱屬足太少厥陰三者續膀胱膽部與胃

土足太少陽陽明數

手足陰陽十二經臟腑傳送歌

肺大胃脾心與小胱腎絡焦膽肝了豈知
肝又與脾連流通環復陰陽妙

手足陰陽傳送歌

手太陰兮手陽明足陽明與足太陰手少
陰兮手太陽足太陽與足少陰手厥陰兮
手少陽足少陽與足厥陰兩手兩足相閭

運三陰三陽顛倒尋兩陰裏位兩陽位先

手先陰足後跟陰從太少厥來數陽向陽

明太少論

題聯

除夕題門

與我遥青樞外納　聽他淡墨榜頭題

又

風塵莫辨龍蛇發　人世隨呼牛馬應

西墅草堂

函蓋要撐持須向滄寧求魄力　生平憎詭故聊將粗懶適形神

書齋

君子蒙養作聖功須向此中求建白
秀才天下爲己任還期不朽著勛名

上元

爆竹一聲好似春雷起蟄
放花千點猶如秋月聯奎

又

高列擁千峰火樹銀花光映霞城天不夜

新翻調六律雲凝風動景同化國物長春

泉水寺請藏聯

老道人一片熱腸叩鷲嶺索千械從此山門長作鎮

禪和子幾時饒舌翻龍宮傾萬顆願教大衆盡皈依

又

試問主人翁合下妙明可使一切掃除繼

教疋馬馱來入透悟中煞似紅爐點雪
還叅善智識如何解脫須是多方持説從
此三車衍出在棒喝後猶如大地驚雷

百福寺聯

大千風火歷何如一切聲聞成解脫
不二衣珠觀自在爾時商主復莊嚴

歷陽春日病中題書窻

等閒白日青春没柰何偏有許多病痛

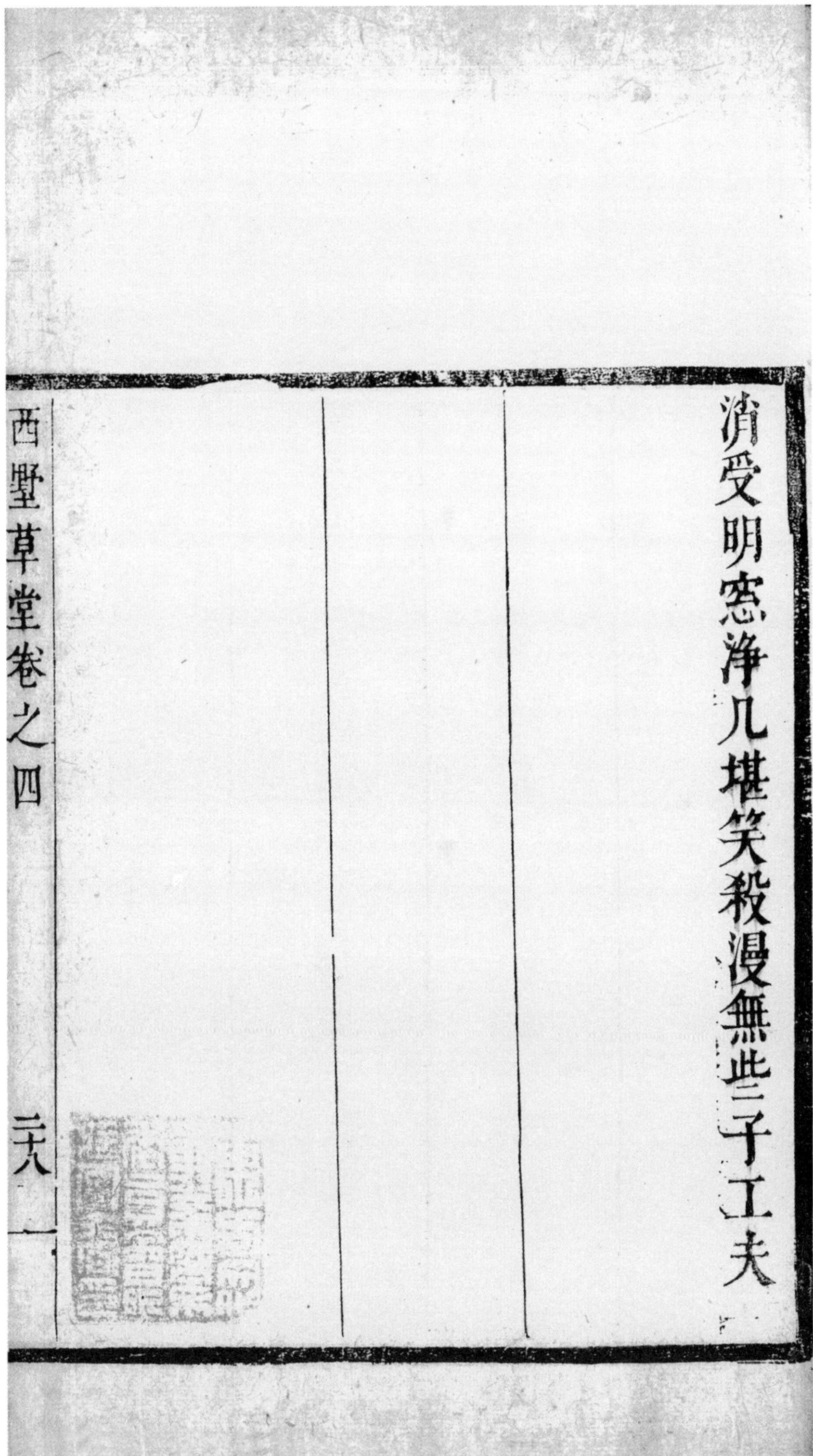

消受明窻浄几堪笑殺漫無些子工夫

西墅草堂卷之四　二十八

西墅草堂遺集目録卷之五

文部

祭文

祭章先生

祭黄文學文海

祭孫松坡暨配於孺人

祭陳慶宇

祭汪思川

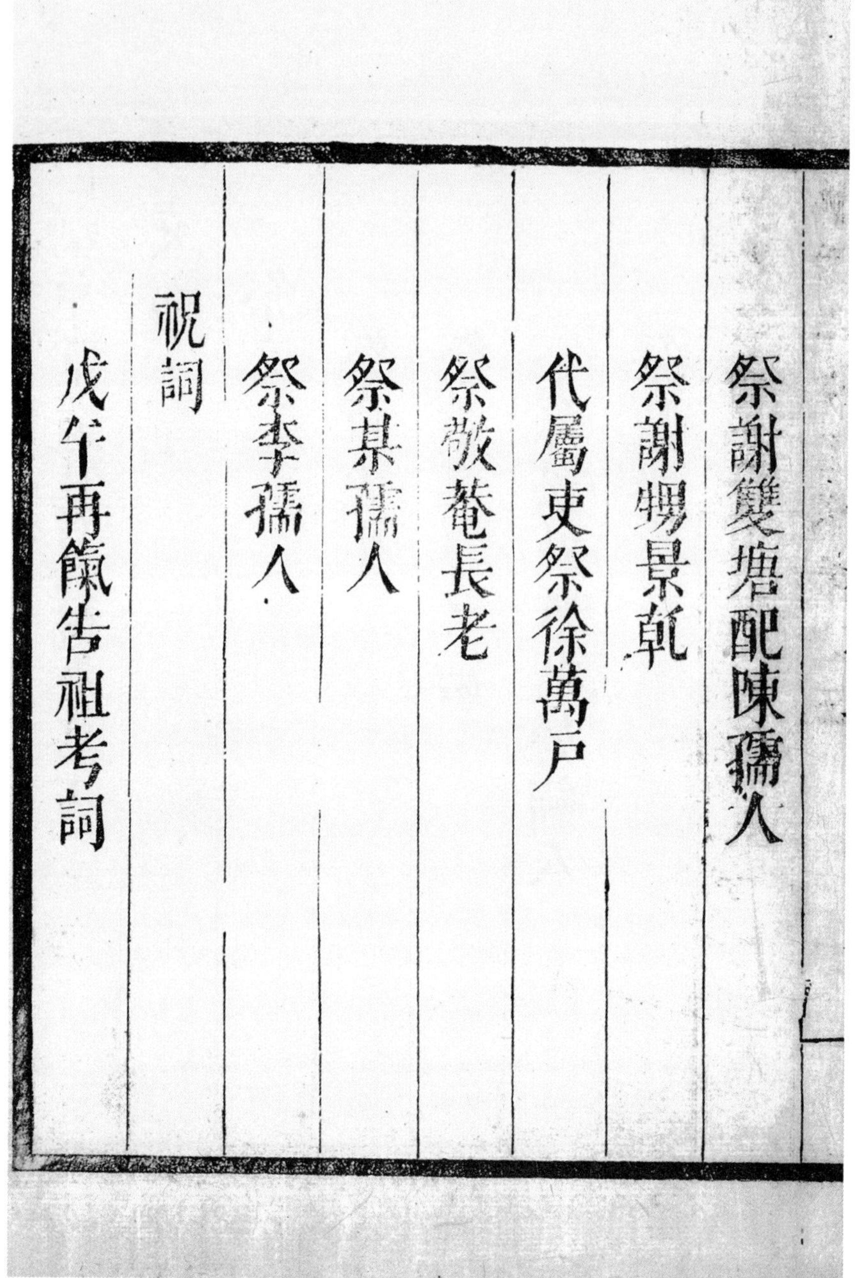
祭謝雙塘配陳孺人

祭謝甥景乾

代屬吏祭徐萬戶

祭敬菴長老

祭某孺人

祭李孺人

祝詞

戊午再篇告祖考詞

代孫某祭告兩尊人安葬
代某入泮告祖考詞

西墅草堂遺集目錄卷之五終

西墅草堂遺集卷之五

全椒吴　沛宗一文著

男國龍恭輯

文部

祭章

祭章先生

天地有勁直不撓之氣人得之以爲生大者以綱維世道次亦以善成其身不以數

爲修短弗以運爲升沉蓋有慕乎先生當
齬亂而不舉皆擬爲皎皎而錚錚迨尊人
見背益勃勃而漸盈用能堂構愈修膏腴
日增然而事慈闈之孺慕爲協氣之蒸遇
親執意氣之眞當大事風氣之主義方課
後可立見飛黃千里瑞氣充庭無何而速
爲厭世勝爲上賓豈盛者漸趨于謝榮者
必抵于成也耶某等感正氣之不在佩和

氣之猶溫言不盡而若曖每於邑而難勝

嘗聞之天地之氣亦賦以形亦潛爲神滋

華爲木反質爲馨人貌榮名不見而行况

乎五衮非天素封非貧息感歸室後亦有

聲先生且將磅礴于大浩之表彌满于不

貸之濱

祭黃文學文海

嗟嗟先生嘗聞篤論造化忌才文章憎命始嘗疑之于今而信維君之先青緗世業繡斧望隆文衡聲藉鯉庭時趨雁序奕奕維君之學罔不搜括上自姚姒下逮勝國惠子墨莊陸氏書簏提稱倚馬大可食牛碎硉磅礴凌岳襟洲維君之才世罕所猶深笑雕刻彩陋纂組自成一家的可千古

維君之文世罕所覩緬維曩時僑居吾里
遇雖坎壈志益豪舉揣摩既工咿唔不已
毎重友朋亦慎交與疇挺而拒疇菲而許
投分論心白首不渝後以喬遷相見維艱
君面雖濶君念彌堅偶一見焉驚來自天
促膝聯床縷縷肺腸屬有甘辛君以身嘗
解紛排難百鍊之剛粗豪少文書生不俠
維君侃侃兼斯二者劍氣與雲灰腸浣雪

賦與狗監小有所售劍出虜樊大有所受
位未配才抱浮于壽嗚呼噫嘻誰爲爲之
山鬼失句故人遺蓊吾儕知己涕隕心摧
嗟夫嗟夫維君之駒生而汗血維君之遺
芽籛萬帙維君之笥鳳毛白雪君之未展
後必磬之君之門閭後必大之君在九京
亦其慰之

祭孫松坡暨配於孺人

嗟嗟翁與孺人竟偕逝耶將偕歸于大化耶維翁毓自望族而孺人嬪以名楣所謂偕生者耶惟翁孝友公直而孺人和婉慈仁所謂偕德者耶惟翁家道聿隆而孺人梱政克佐所謂偕作者耶惟翁年既躋耄而孺人亦幾古稀所謂偕壽者耶惟翁方欲委蛻而孺人先爾息機所謂偕老者耶

翁與孺人擬享優游之算旋乘島嶼之駕
豈所謂休與悔偕域者耶親執方上周詩
之頌倏陳楚些之辭所謂慶與吊偕行者
耶某等姻亲兒女誼深骨肉旣痛母儀之
去復悼典刑之亡將毋不勝其偕悲者耶
嗟嗟蓋嘗思之夫人自始至終有所謂偕
止者耶由人及天有所謂偕福者耶況兩
嗣箕裘克紹堂構大光又所謂偕臧者耶

指日天衢齊驤皇路又所謂借飛者耶黄麻下賁丘隧皆榮翁與孺人不將轉借憂而借樂者耶

祭陳慶宇

嗚呼先生竟上賓耶抑將返于眞耶嘗聞大塊有勁氣人得之爲生大以維世道次以成其身數不能修短運弗因升沉謂事不足定今古其有憑謂爲天可問而有意于先生齡而具昂藏已握久視根尊人雖見背勃勃彌就盈堂構日以美膏腴駢乎增慈闈篤色養協而常蒸蒸族黨俯仰間

和而藹若春親執終身交意氣胡其殷時
邁盤節事風期見之生義方愛而勞負笈
教一經飛黄頃佇看瑞靄旋克庭無何遽
栩栩一夢奠兩楹𥧲移原以嬗榮華必趨
成耶某等感偉烈之在望惘氤氳之猶溫
傷悼曷其已於邑何能勝嗟乎嗟乎氣賦
爲德形亦潛爲明神不殭味自馨人貌而
榮名況乎五衮不稱天有後即徵仁先生

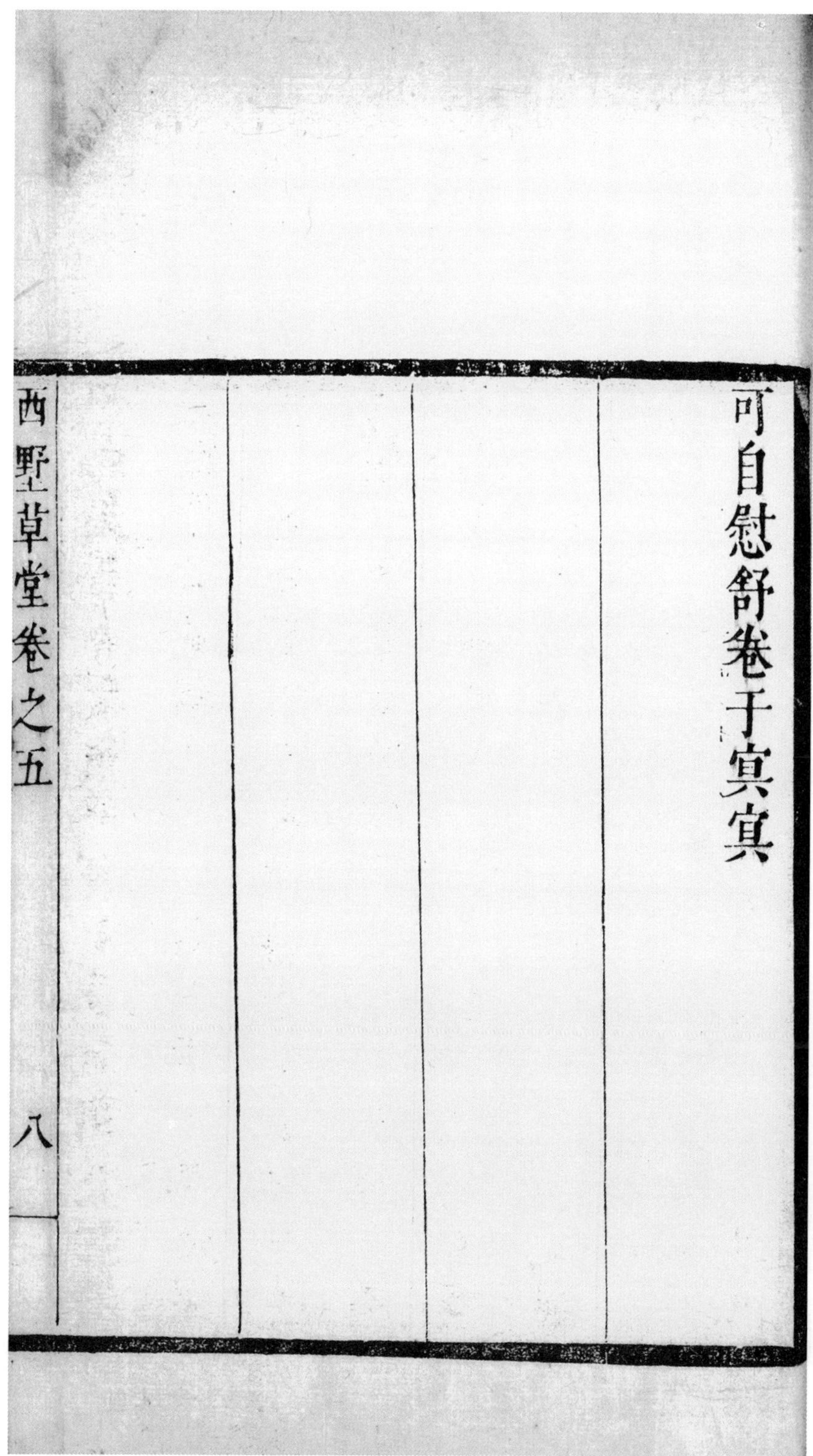

可自慰舒卷于寘寘

祭汪思翁

嗚呼噫嘻能不痛哉書稱維舊詩重老成謂其碩望隱操足以維世鎮俗而恩誼周浹爲戚里未屬所仰庇者也此固素景我翁者而今竟逝乎緬維我翁之生平也儲精靈秀賦性高明而忠厚誠慤絕無機心械事之險明白洞達毫無城府町畦之艱卽奉嚴慈志養色順備至中處昆季因心

友于常恭親友推誠莫不如挹春風飲醇酒家庭整肅一惟外耕鑿內桑麻庭無間言雍雍睦睦則我翁之教也諸器嗣其世業出無紈態居無窳容則我翁之訓也以兹厚德謂宜享百齡之上壽食報于大年聞之早歲亦嘗違和方虞中道之見遺而竟以多方調攝得有今日是胡瑕者可堅而堅反致脆耶嗟嗟彼蒼其眞不可問耶

某等誼切骨肉分屬內姻賴左右提挈之備篤憶絲蘿依附之相綿一旦而典刑失望積庇劇心嗚呼噫嘻能不痛哉能不痛哉雖然彭殤一視夢蝶生之達觀出入二機猶龍子之篤論大力者負之而走躍冶則謂之不祥獨幸從心之算既謂古之所稀素封之資復屬後之詒燕況和風之及幽光之垂彌久而思在在而是則我翁固

自有往而未嘗往者存矣人覲榮名仁者有後自古記之以質我翁不其符合耶我翁且將縹緲于無何有之鄉逍遥于汗漫遊之野其又以之而戚戚焉

祭謝雙塘配陳孺人

繄靈鍾扶輿之淑秀兮媛嬋效乎坤黃帝曰誕降其母易兮迺躋陟乎姬姜儀棣棣而志娟娟兮惟德從之是嘗暨嘉止而弭節兮桃夭蓁而射芳擊鱻炰毳蒸兩尊人兮盤礔乎河東薛氏之堂裂蕙紉而矢雞鳴兮堪奴隸乎伯鸞之光翼鵠雛而雙飛兮咸可摩天而翔冢君别駕乎涪邑兮此

九折而王陽勒景曜于劍閣兮飛湛露于曲江褓諸黔首而挺挺兮訝寶樹迎風之揚人抱東山之蘊藉兮池塘春草之章匪霧訡而孰安兮濤自發其祥將長視而祝鳩兮胡際白而遊玉台之鄉豈司物之莫究兮何罹此殃也抑修短大力者負而趨兮心亦胡能不傷也崒嵂兮靈巖色以靈而蒼黃淵湃兮冶浦勢爲靈而涕滂附煙

軨兮冉冉會瑶島兮茫茫叫閶闔而質帝兮愀虎豹之莫當其何以慰靈兮聊以問乎巫陽巫陽兮致詞親折兮何傷有椿羽兮有菌羽列三壽兮亦數三殤所爭者寧在七尺兮亦惟不朽之名豹既蛻兮蔚然爾文木既殭兮杳然而薌矧年之既踰八袠兮豈曰匪長一索纍纍若若兮惟靈之光惠連靈運兮厥珪厥璋指日來木鳳兮

相紹拜黄

祭謝甥景乾

聞訃之日不勝震悼卽欲匍匐赴臨柰以長途未騰不獲所念乃遣蒼頭以牲醴庶羞之儀往告于吾景乾賢甥之輀曰噫嘻悲哉噫嘻景乾能不悲哉始吾聞君之恙也旣而聞君之差也孰意再而聞君之化也噫嘻景乾能不悲哉蚤君之齠年嶄嶄有頭角以爲大君閭者又將在子矣及補

博士弟子員已而補上舍且駸駸有干霄摩天之致將鑒無不讐矣孰意有今日耶嘗聆裴行儉以浮沉躁靜定祿命之豐嗇吾見若之深渾不輕以浮也意有受者也又見若之鎮靜不躁以卒也意有壽者也孰意竟不然耶噫嘻就弗副望年不配質其謂之何耶仰若高堂椿萱斑矣中若厲行鶺鴒鳴矣俯若几席弱息娟矣亂亂焭

矣噫嘻景乾能不悲哉所猶幸者血駒具超乘之材素封饒負郭之盛高堂善飭而未衰荆棠同心而好義必將成君之志以慰君之心噫嘻景乾其知否耶吾以爲然否耶臨風遣奠能不悲耶

代屬吏祭徐萬戶

恭惟台靈兩淛偉人四明望族青緗世業遡積泒于支河彩筆新葩蜚英聲于蕊苑展抒碩抱將晉鼎呂之司歷試諸艱聊就方面之任吳公文學且小試乎牛刀龐令長才正大展其驥足張弛交協和衷補于贊勷謀斷兼資寅嚴成乎率化建牙江上貔虎增百倍之雄樹幟域中鼠狐遁萬里

之遠乃弋鋋指之公餘慮逾朝衣弁冕賜
自囊金感深挾纊一方賴其庶定萬姓須
平高深允矣保障之奇展也循良之選正
擬　璽書增秩不次擢乎中樞方謂國內
賜侯大拜恭乎叅座何期二豎遽奪百齡
豈大塊實電泡之隨莊原是蝶將斯須乘
風雲而去李亦猶龍長江悲咽而波騰籠
岫黲黮而色慘某等誼承那翼感切瞻依

痛哲人之日遥悲父母之不在籲呼無應
涕泗何從

祭敬菴長老

吾聞之佛者覺也無夢無覺也何知夫覺不即在于夢也色即空也無色無空也何知夫空不即在于色也嗚呼則無異于師之逝也而猶不能已已也則緬懷乎吾師之人也木直喬松智辯飈輪定性成也肆力啓諦曉覺宗旨慧根夙也爲人持說曲暢支分誘善殷也名雖出家而慈幃孝養

一本篤也祇度雖異姓而能使雲孫割膚療恙勖最深也楞嚴讀罷一枕黑甜收逸早也白日小年春雲破滯得趣真也道行具也小果滿也謂宜超車復之外也登彼岸也謂宜脫橋副之趣也詎上乘也而胡爲乎遽囑庭椰也則凡接法派之姻娟幡幢之指點者烏能恝然也嗚呼吾師其謂証覺者也悟空者也證佛之覺也則一夕

終古也萬刼旦暮也有寄必有歸也悟色
之空也則金仙龍沙浮漚也大千大藏石
火也不生亦不滅也安知夫吾師之奄奄
也非化化也抑潔潔也吾師方蕭蕭乎影
影也吾儕猶着着也亦不見乎脫脫也吾
師且然然也

祭某孺人

恭惟孺人寶婺儲精金木畀形日維誕毓尹吉之秀盧崔之英釐降不易實維蒼姬派衍雲仍纂組燦燦衿鞶棣棣冰雪亭亭高堂拜悅克瞿克謌鱻毳侯烝中處庭際仰事俛接協氣如春相我親翁德合鸞耀警矢雞鳴梱政克操朔冰辮洗夜月斷砧素封就隆以裝爲奓膏閱聿典茲舉諸器

愛而弗暱義方勗殷既荷襏襫尤嘉鉛槧
弗于不勤惓惓勉勅編衣和丸篝火帷燈
謹受戒命稱饒大姓競爽詞林諸孫挺挺
含飴切切勸誨諄諄頭角玉立汗血千里
孺人之仁元方滿眼惠連遶膝福吉駢臻
年雖踰期神精強健古今所珍百歲瞬接
正擬長視永作母型胡乎太虛遽迎小玉
遂逐雙成嗟嗟噫嘻能永遺綿綢不涕零

人亦有言不久者形不朽者神以算則綿
以後則裕以德則馨靈何抱歉求多造物
遺忌寘寘靈素夙慧愉兹蕪詞來格來歆

祭李孺人

維孺人性有其仁習無乎哲寬宏誠實柔順温和德厚言從禮恭貌靜仰事兩尊人也中饋之供承順之志無不克盡孺人之孝中處妯娌也眞情藹藹協氣穆穆無不得其歡心孺人之和交接族屬也無論遠邇踈戚咸飲以醇德庭無間言孺人之賢卽撫接子姓也温辭悅色時周匱乏孺人

之仁下逮僕婢至于相我親家也關雎合
德雞鳴示勤井臼不辭勩淬瀑不言勞用
能鵲起家政若中外之有侮于我親家也
孺人又婉詞諫解之無暴孺人之宜家乃
撫訓厥嗣也愛而能勞篝火幃燈熊丸佐
讀孺人之教子孺人有子不佞有女天作
之合既遂厥好然弱息孱孱愚以未嗣瞻
之也孺人愛之若己女乃孺人自不豫以

至易簀弱息實晝夜左右焉又見孺人流恩以致之也猶子國瑞以負笈寄公孺人愛之若己子久不見則思形于口以此厚德當食厚報而乃一旦仙逝也侄兒侄婦稚而未立某等誼深骨肉能不悲哉吾嘗聞之修短者數不朽者德孺人感在人心素封可擬令厥嗣讀禮之餘勤渠肄業則所以榮顯孺人者未艾而孺人之心庶乎

慰矣

祝詞

戊午再餘告祖考詞

恭惟吾祖世有隱德毓慶于冥食報于赫

培植既厚發源自長閥閱顯績詩禮流芳

維某不肖既拙且劣雖事鉛槧塲屋久厄

往叨食餼幾幸得之乃值數蹇復旋褫之

仰賴福庇茲復俾得非某之才咸祖之澤

謹陳菲奠用申昭告愧攄鄙私敢言覺報

叓希先霧黙相陰隲惠徽行義松楸生色

代孫某祭告兩尊人安塟

嗚呼痛哉人生之恩莫父母厚人子之喜莫父母壽即不能相安于具慶之天亦或得徼乎嚴侍慈侍之僥何不肖之伊何並罹夫椿折萱枯之咎嗚呼噫嘻能不痛哉緬維吾父之生剛方正直蓋挺如也吾母以柔順濟之聿興家道蓋鼎如也吾母以雞鳴肄之訓廸不肖孤蓋凜如也吾母以

熊丸甘臑繼之且也甲于公飲于賫共寘
修于金檢玉匣之封吾父吾母可謂君子
有終淑人與同矣獨不肖孤不能伸一日
之養何以釋終天之恫嗚呼噫嘻能不悲
哉雖然年躋古稀遠勝殤夭業躋素封家
道昌矣吾父吾母可含笑于玄寘之鄉矣
尚何不懌而爲此怏怏者耶謹以某月某
日奉吾父之靈輀卜窀于某氏之原以某

月某日奉吾母之靈輀卜窆于某氏之陽

敬陳菲奠來格來嘗

代某入泮告祖考詞

鄧林蔽雲厥根維深溟渤浴星厥源維湛有苞必實得孕斯榮始簡畢鉅盡諸受生員頂方趾造物秘英發祥食報振古于今維吾得姓遠溯虞廷神明之後宜有達人維吾祖考積功累仁代有醇厚綿綿相承惟德天眷相于冥冥篤生賢喆用錫簪纓有孫某某曰采宮芹甫奮天路發軔雲程

鵠立蘭茁振振繩繩揆厥所由祖庇之靈何以酬報莫展厥心有酒既清有餚既馨于以奠之惠徼來歆更祈默佑恢啓門庭蟬聯鵠起永大家聲後先躋美闕閱雲仍龍章寵賁丘隴光新

先君遺稿跋

大江以北年來紜異流氛驚耳諸有不計

籤軸委燼何限吾椒差靖不肖兄弟持

先澤勿敢少怠時奉　北堂遠駐行李蕭

然唯　先秉滿載耳一日發其笥謀所以

傳于世者殊片琛零玭也吾　先君足跡

嘗多歷聲名徧矣著作行焉然記室寥甚

有經史諸評之稿亦復不存因念曩課讀

時草帶滿庭書座如雪簾壁凉凉神興豪
上上下皇罇之餘飲必酌酌必醉不肖兄
弟唯縮稍解飲得以侍立每耳熱風爽命
筆疾書無不如意其樂未央曩坐不覺今
縮僥倖奏一牘而不及逮奈何每慮南北
事不知所爲焉得起　夜臺一經營哉值
春霽秋朗一入高田聽空山松嘯如濤如
雷斗是文咳急取清醅澆助吟思視麥光

數墨猶如親聆謦咳雖然　先德繩績尤莫能盡殷殷是刻者亦孺思之一耳

中男圀籀百拜敬識

先君遺稿跋言

西墅草堂爲　先君舊居也對垂髫依侍於此草堂僅兩棟上覆以茅土垣周之外皆野隙地古人云陋巷殆不過是　先君惟讀書課子怡然也　先君諷誦百氏上自羲軒下及近代顯而會通典禮隱而璇璣律氣靡所不貫著撰古今文縱橫無不如意不下數十萬言授之副墨者俱爲友

生持去惟有一二詩古文詞雜見於書尾藥裹中者對檢藏不失耳至如爲先祖考妣行狀墓石誌先塋祭掃約序漢魏詩說蘇文評等作又有所爲冷山義髮等傳奇先君不以對蒙幼時時稱說後皆不見先君平生發於性情寓於忠孝歸於道德者僅於此一二遺稿之餘將以見我先君之爲人焉嗚呼悲哉

壬申三月巳日

季男國對百拜敬識

先君逸稿小跋

先集曷鐫也志不忘也　先顔不可見見文如見　先顔也　先君之才灝灝爾學林林爾二三詩文烏能殫未能殫而曷鐫也猶祭海先河得柱觀天也憶生平所著述其翼古也爲書解爲經解爲史斷爲古今文評箋說醫說不勝載也其著文也爲制義爲課兒義爲論策爲詩賦爲敘引疏

傳爲碑銘尺楮下及聲曲不勝載也而先
刻此二三詩文者曷居也以諸本爲同人
持去間有不留副本故也然　先君以文
長也不以文長也倫之敦也里之德也困
難之濟也後進之掖也而溫夷而廉正而
慤恕而敏博又不勝述也即擬之集中言
大則類也小則法也類與法聖人也一先
君不以言見亦可以言見也故敬梓之也

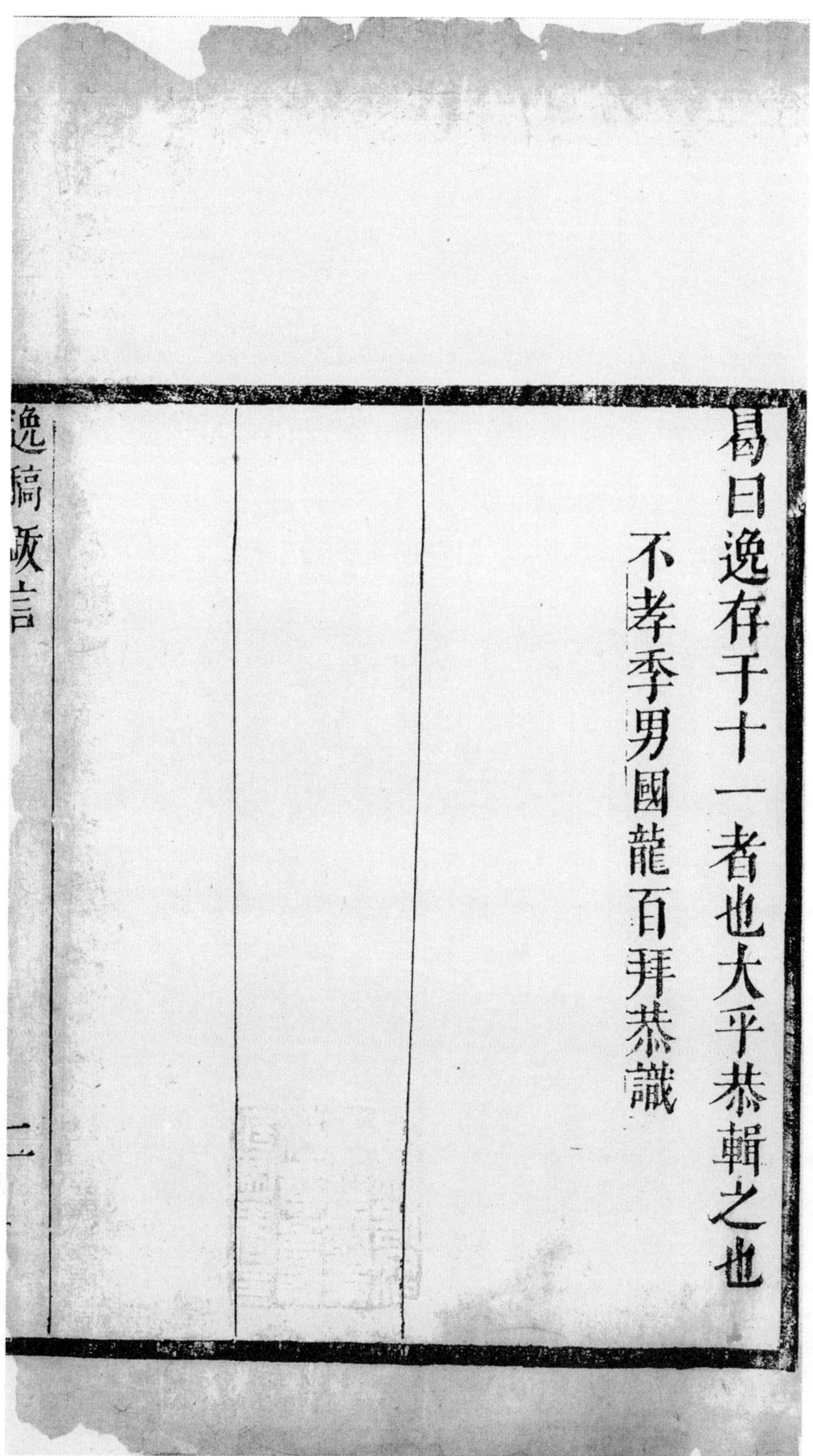

曷曰逸存于十一者也太平恭輯之也

不孝季男國龍百拜恭識

逸稿跋言　　二